죽고 싶은 내 두 손에 식물이

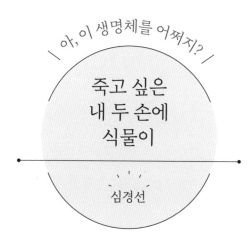

아, 이 생명체를 어쩌지?

죽고 싶은
내 두 손에
식물이

심경선

날

일러두기
식물 이름은 유통명으로 표기했다.

책을 내며

맑은 마음으로 이 글을 쓰려고 이 주일을 기다렸다. 기분 좋게 글을 쓸 수 있다면, 일주일이든 열흘이든 기다려 볼 참이었다. 그런데 시간이 지나도 마음엔 별 차도가 없었다. 결국 죽도록 괴로운 이 마음을 인정하기로 했다.

나는 우울증과 불안장애 등 여러 마음의 병을 앓고 있다. 늘 죽고 싶지만, 다른 한구석에선 오늘 하루 더 살 이유를 만들어야 한다는 목소리도 들려온다. 어떻게든, 무엇으로든 하루라도 더 살고 싶은 마음이 내 마음 어딘가에 있다. 미련 없이 죽고 싶은 마음 바로 뒤편에는 사람답게 살고 싶다는 절박함도 있었다.

이런 나를 세상 밖으로 조금씩 끌어내 준 존재가 반려 동물과 식물이다. 이들을 돌봐야 한다는 책무감이 없었다면 나는 계속 스스로도 통제할 수 없는 어떤 수렁에 빠져 갇혀 있었을지 모른다. 그런데 이 생명체들은 내가 그렇게 되도록 놔두지 않았다. 자신들을 위해 나를 일으켜 세웠고, 그 덕분에 나도 살아나곤 했다.

지금 나는 혈족이 아닌 새로운 가족을 이루어 살고 있다. 든든한 두 동거인 미사와 한결, 반려견 하루와 생강, 그리고 수많은 식물이 나의 가족이다. 사랑스러운 이들 곁에서 에너지를 넘치게 받으며 살고 있다.

감사할 분들이 있다.

언제고 글을 써 보라고 격려해 준 지윤 언니에게 먼저 고마운 마음을 전한다.

죽을상으로 들어선 내가 늘 활짝 웃으며 나오게 되는, 그 마법 같은 공간을 만들고 유지해 준 서촌 식물 가게 사장님께 감사드린다. 늘 그 자리에 있어 주세요.

수년간 나를 지켜보고 길을 안내해 주시는 정정엽 선생님께도 감사드린다. 나조차 나를 감당하기 어려울 때 내 감정에 길을 터 주고 안정된 길로 인도해 주셨다. 아울러 한양대 정신건강의학과 김인향 교수님, 손보연 선생님께도 진심으로 감사드린다. 많은 격려 덕분에 어려운 시기를 넘어설 수 있었다.

식물을 함께 키워 나가는 많은 인터넷 동호회 친구들에게도 감사 인사를 남긴다. 이들 덕분에 식물을 매개로 몽글한 마음을 함께 나누는 귀한 체험을 할 수 있었다. 무엇보다, 내게 다시 살아갈 수 있는 용기와 위로를 준 식물들에게 깊은 고마움과 경의를 표한다. 식물들 덕분에 버텼고, 버티고 있고, 살아가고 있다. 부디 오래 내 곁에 머물러 줘.

식물의 잎이 할 일을 다 마치고 늙으면, 대개 노란색을 띠고 작은 바람에도 툭 떨어지고 만다. 이것을 '하엽'이라고 한다. 물론 하엽은 병충해나 다른 이유로도 충분히 일어나는 현상이지만, 건강한 개체의 하엽을 가만히 바라보노라면 이 잎은 '어떻게 자라 죽음에 이른 걸까' 하는 물음이 절로 생긴다. 잎은 아마 열렬히 살았을 것이다. 움트는 순간부터 이전 잎보다 크게 자라야 하는 과제를 해내기 위해 분투했을 것이다. 물, 해, 바람 등을 주어지는 대로 받으며 최선을 다해 살았을 것이다. 멋진 일생이다. 이제, 나 역시 그렇게 살아 보기로 한다.

2021년 겨울

차례

많이
죽이셨나요?

　무자비했던 겨울이 지나고 봄바람이 살랑이면, 금세 봄이 온 것을 알아챌 수 있다. 두툼하고 투박하던 외투가 살짝 얇아지고, 사람들의 얼굴에는 발그레하게 홍조가 돈다. 아무도 모르게 발걸음이 가벼워진다. 해도 부지런해진다.

　추위를 이겨 내느라 고생한 우리처럼, 식물들도 각자 고군분투했다. 부족한 빛과 물을 한동안 참았다. 심지어 바람이 너무 차가워 문을 꽁꽁 닫아 놓는 바람에 바람도 고픈 상태다. 식물에게 바람은 숨과 같으니 바람을 차단했다는 것은 숨 막히는 일이었으리라. 물론 집사는 바깥 창문은 닫더라도 베란다에 히터와 서큘레이터를 돌려 주는 것으로 최선을 다했지만 말이다.

　우리나라와 기온이 아주 다른 지역에서 온 식물들은 겨우

내 더욱 처절하게 살아남는다. 말 그대로 '생명 유지' 자체가 관건이다. 예쁜 수형, 잎의 모양 따위는 따질 여유가 없다. 열심히 하루하루 살아남는 것 자체가 목표였으리라. 이런 고통을 알기에 나는 그 식물들을 조금 더 따뜻한 곳으로 옮기고, 서큘레이터로 바람을 만들어 통풍을 보완해 주고, 식물등을 이용해 부족한 빛을 채워 준다. 이래야 그나마 그 식물들이 견딜 수 있는 환경이 조성된다. 현대의 이주 식물들은 과학의 특혜로 살아간다.

이렇게 하는데도 나는 식물을 많이도 죽였다. 나에게도 겨울은 가혹한 계절이어서 식물들처럼 하루를 채워 가는 그 자체가 힘겨웠다. 나에게도 빛이 필요했다. 하루의 에너지를 빛에서 얻는 것만 같았다. 그렇지 못하면 다시 깊은 우울증의 수렁으로 빠져들었다. 식물 돌보기는 물론이고 내 몸 하나 건사하기도 힘들었다. 나를 '아침에 깨우고, 먹이고, 씻기고, 활동시키고, 잘 재우는 것', 이 한 줄을 해내는 것이 버거웠다.

지난해 겨울, 나는 이런 상태인데 한파까지 들이닥쳐 최악의 상황이 벌어졌다. 미리 주문해 둔, 베란다에 설치할 온풍기는 기약 없이 전국을 돌며 속을 태웠다. 결국 한파가 최고에 이른 밤, 식물들은 밤새 찬 기온을 못 견디고 대거 죽고 말았다. 여름의 푸름과 비교하면 참혹한 모습이었다. 내가 책임지지 못해 생긴 죽음이었다. 병을 핑계로 안일하게 대처했던 스스로가 한심했다.

무슨 운명의 장난인가. 얄궂게도 그 다음 날 온풍기가 도착했다. 당장 설치했지만, 얼어 죽은 식물들은 당연히 살아 돌아오지 못했다. 몇 년을 함께 살았어도 초록의 식물들은 한순간에 죽어 버린다. 서둘러 온풍기를 다느라 그 바로 밑에 있던 커다란 올리브나무를 치우지 못해 올리브 나뭇잎 끝이 전부 타 버리는 불상사까지 벌어졌다. 이것도 저것도 내 마음대로 되는 게 없었다.

정말 많이 죽였다. 그 수를 일부러 헤아리지는 않았지만, 빈 화분의 수로 대충 알 수 있었다. '책임'이라는 단어가 날파리처럼 머릿속을 윙윙 돌아다녔다. 그 와중에도 얼어 죽은 아랄리아 새 모종을 뻔뻔하게도 다시 샀다. 죽은 아랄리아는 두 해 동안 애지중지 키운 것이었다. 얼어 죽은 모습이 아른거려 새로 들인 것이다. 누군가는 이런 나를 무책임하다고 비난할지 모르겠지만, 마냥 주저앉아 속상해하고만 있을 수는 없었다.

봄엔 초록의 것들이 움찔움찔한다. 그 형상이 죽음과는 확연히 다르다. 밝고 빛이 난다. 아직은 아침저녁으로 겨울의 기운이 남아 있지만, 식물에선 다른 에너지가 느껴진다. 게으른 나도 눈치챌 수밖에 없는 스트레칭을, 누가 시키지도 않았는데 하고 있다. 이제, 베란다의 에너지를 바꾸는 것이 나의 중요한 임무다. 겨우내 웅크렸던 식물들을 돌보고, 빈자리에 새 식물들을 적당히 채워 넣어 다시 시작해야 한다. 다가올 새해의 모든 계절을 준비해야 한다. 같은 실수를 다시 하면 안 되니까.

봄은 '마법의 계절'이다. 지난 일 년 동안 못한 일들을 무엇이든 실험해 볼 수 있다. 번식을 시켜 본다든가, 뿌리를 다듬어 본다든가, 밀렸던 분갈이를 해 본다든가 하는 일이다. 그렇다고 해서 '봄의 마법'만 믿고 있어선 안 된다. 일교차가 큰 탓에 적응 못하고 죽는 식물이 많기 때문이다. 바깥 해를 보여 주고 싶어 내놓았다면, 해가 지기 전에는 꼭 집 안으로 들여놔야 한다. 봄의 밤은 낮과 얼굴이 많이 다르다. 봄에는 확실히 다른 온도의 바람이 불어온다. 계절만 믿고 성급히 식물을 바깥에 내두었다가는 느닷없이 들이닥치는 꽃샘추위에 호되게 당할 수 있다.

봄과 여름은 식물에게 물 만난 물고기와 같은 계절이다. 모든 것이 날씨 덕분에 괜찮아지는 시절이다. 봄과 여름의 크게 다른 점은 햇빛의 양과 습도이다. 비의 양과 그로 인한 해충의 양도 다르다.

노지에서 잘 자라는 식물은 따로 있다. 특히 우리나라의 여름 노지에서 버틸 수 있는 식물은 한정되어 있다. 우리가 흔히 '야생화'라 부르는 토종 식물들과 율마, 가문비나무, 강한 햇볕을 좋아하는 유칼립투스가 그 예다.

습도 또한 식물에게 큰 영향을 미친다. 우리나라는 여름에 습도가 높고 바람이 많지 않다. 불쾌지수가 높아지고, 꿉꿉한 느낌을 지울 수 없는 이유다. 이런 여름 날씨는 식물 입장에서 보면 병충해가 생기기 딱 좋은 조건이다. 꾸준히 서큘레이터를 틀어 구석구석까지 바람이 갈 수 있도록 해야 한다. 그렇지 않으면 잠깐 사이에 골치 아픈 다양한 해충과 맞닥뜨리게 될 것이다. 겨울에는 추위, 여름에는 해충이 이겨 내야 할 적수인 셈이다.

요즘은 우리나라에서도 스콜이 자주 보인다. 스콜은 아주 강한 바람을 동반한 소나기가 한곳에 집중적으로 퍼붓다가 사라지는 현상인데, 아직 우리에겐 자연스러운 현상이 아니어서 대비하지 못하는 경우가 많다. 스콜만 봐도 더는 기존의 여름 날씨가 아님을 받아들여야 할 것 같다. 스콜이 내리면

작게는 화분이 넘어질 때도 있고, 크게는 식물이 꺾이거나 화분째 날아가는 위험한 상황이 벌어지기도 한다.

　가을은 식물의 성장과 활동이 서서히 멈추는 계절이다. 많은 식물이 번식을 위해 꽃을 피우는 동시에 겨울을 대비해 생체 주기를 조절해 나간다. 가을에는 여름처럼 물 주기를 남발하면 과습으로 식물을 죽이기 딱 좋고, 겨울처럼 적게 주면 말려 죽이기 딱 좋다. 그러므로 세상에서 가장 어려운 주문, '적당히'가 발휘되어야 하는 시기이다. 해가 점점 짧아지니 구석에 있던 식물등을 슬슬 등장시켜야 할 때고, 이것저것 준비할 것이 많은 계절이다.

　여름이 식어 가고 겨울바람이 오기 전, 딱 그맘때에 분갈이를 할 수 있는 짧은 기간이 생긴다. 여름 동안 자라난 뿌리들이 화분 밖으로 비어져 나와 있거나 번식을 위해 수경 재배를 했던 식물들을 흙에 심어 줘야 한다면 이때가 제격이다. 흙도 이 시기에 교체해 주면 좋다. 흙이 딱딱하게 굳으면 영양도 수분도 제대로 흡수하지 못하니 부드럽고 영양소가 풍부한 흙으로 교체해 주어야 한다.

　가을엔 사람도 재충전한다. 밖으로 향했던 기운들을 안으로 모으게 된다. 열띤 마음을 추스르고 새로 차분한 마음을 담아야 한다. 마음에 병이 있는 사람들, 특히 환경이나 계절에 민감한 사람들이라면 이때에 잘 대비해야 한다. 이미 계절성 우울증이 시작되었을 수 있다. 빛이 줄어들면 움직임도 함께 줄어들기 때문에 식물만큼 사람에게도 크고 작은 대비가 필요하다.

생사의 기로에 놓인 식물을 다시 살려 내려고 할 때 마음의 반 이상은 기적을 바라는 마음으로 채워진다. 집사인 내가할 수 있는 최선은 물리적인 모든 것을 제공하는 것뿐이다. 그 후 보이지 않는 행운이나 기적 같은 것을 바라는 것이다. 인간의 삶도 비슷하다고 생각한다. 죽음을 생각하며 자꾸만가라앉으려는 마음을 다시 끌어올리는 데는 굉장한 노력이필요하며, 많은 경우 본인의 의지와 노력만으로 해결되지 않는다. 이때는 적극적으로 전문 의료진을 찾아야 한다. 사람에게는 충분한 물리적 기회가 있기 때문에 이를 최대한 이용하고, 그 다음에야 기적을 바라는 기도를 해야 한다.

식물과 함께하면 어느 계절도 방심할 수 없듯이, 내 마음을돌보며 살아가는 과정도 호락호락하지 않다. 나에게 무엇이필요한지, 나의 약점이 무엇인지, 나는 어떤 상황에 취약한지등에 대해 꾸준히 생각하고 대비해야 한다. 같은 봄, 같은 겨울은 없다. 언제나 마음이 무너질 수 있음을 인정하고, 물리적으로 도움받을 수 있는 길, 마음이 위로받을 수 있는 방법들을 하나둘 익혀 둬야 한다.

봄의 속말은
'괜찮아, 다시 시작해'

봄의 '밝음'이 늘 부담스러웠다. 어쩐지 나도 같이 밝아져야 할 것 같은 강박감에 시달렸다. 떠나가는 겨울을 붙들고만 싶었다. 그런데 올봄은 달랐다. '올 테면 와 봐라' 하는 마음을 먹었고, 식물이 새싹을 틔우는 모습을 보면서 관성적으로 살아가는 스스로를 반성도 했다.

이번 이사한 집에는 빛이 잘 들어오는 얇고 하얀 커튼을 쳤다. 불과 몇 년 전만 해도 암막 커튼을 썼다. 당시엔 시계를 보지 않고서는 몇 시인지 알 수 없었다. 나는 자고 있더라도 식물들에게는 일정한 빛이 필요하니 커튼을 바꾼 것이다. 그 덕분에 나도 조금 달라졌다. 집 안에 빛이 들어오면서 자연스레 일찍 일어나게 되었다.

늦은 새벽까지 잠을 설치다가 해가 뜨는 시각에야 잠들곤

했던 생활은 완전히 부서졌다. 암막 커튼을 안대처럼 둘러쓰고 한낮에도 죽고 싶은 마음으로부터 피하려 억지로 잠을 청하던 이전과는 완전히 다른 삶이다. 요즘은 낮에 해에게서 받은 비타민 D와 병원에서 받은 약을 양분 삼아 일찍 잠든다. 늦어도 밤 열 시에는 꼼짝없이 침대에 붙어 있다. 그러자면 낮에 많은 것을 해 둬야 한다. 밤에 자는 경험도, 매일 잠 시간을 지키는 것도 생경했지만, 같은 시간에 자기 위해 많은 것을 미리 해결해 두면서 보람을 느꼈다. 나의 시간표를 최선을 다해 여느 사람들과 가깝게 돌려놓는 중이다.

식물도 그들만의 시간표가 있다. 물은 이른 아침에 주는 것이 좋다. 낮에 물을 주면 여름에는 물방울이 확대경 역할을 해서 잎이 타 버릴 수 있다. 밤에는 낮에 흡수한 빛이나 영양을 처리해야 하니 그 시간을 빼앗지 않는 게 좋다. 물론 매일 이른 아침에 물을 주지는 못한다. 깨어나면 바로, 미리 물을 받아 둔 물통을 들고 여기저기 헤매며 마른 식물들을 먼저 구해 주는 식이다.

처음엔 이런 일과마저 많이 낯설었다. 하지만 조금 시간이 지나면서는 은근히 즐기게 되었다. 요즘은 일어나면 나부터 충분히 물을 마시고, 기지개를 켜고, 여유롭게 물통을 들고 여기저기 들쑤시고 다닌다. 그리고 엄청난 참견을 한다. '넌 왜 여기에 피었니. 여기 있으면 힘들 텐데', '넌 참 착하구나. 물을 많이 안 줬는데도 잘 참아 왔네. 미안', '그새 새잎을 만들었구나' 같은 말들을 중얼거린다. 그 시간을 마무리하고 나서야 진정한 하루가 시작된다. 이제 물 주기는 '아침 의식'이 되었다. 마음을 정갈하게 가다듬고 다음으로 나아갈 수 있는 에너지를 그 행위에서 얻는다. 또한 나 자신에게 용기도 준다.

'오늘도 할 수 있다.'

우울증 환자들에게 환경은 절대적인 영향을 미친다. 어려운 환경이 길어지면 자연스레 우울증이 깊어지고 그 기간도 늘어난다. 지난겨울, 나는 그 시기의 어둠을 이겨 내지 못했다. 고통과 상처받은 마음을 모두 안고 '잠'으로 숨어들었다. 그저 '나라도 살려고' 도망쳤다. 그 바람에 식물들은 '고난의 시기'를 통과해야 했다. 그나마 실내 식물들에는 어쩌다 물이라도 줬는데 베란다와 노지에 둔 식물들은 사실상 포기했다. 포대자루라도 둘러 줬어야 했는데 그러지를 못했다.

겨울엔 식물들이 아주 적은 양의 물만을 뿌리에 남겨 두고 성장을 멈춘다. 그래도 어느 정도 물은 필요하다. 그런데 겨우내 물 한 번 준 적 없는, 방치했던 바깥 식물들이 가끔 오는 눈을 녹여 먹고, 가끔 오는 비를 마시고, 새봄까지 견뎌 낸 것이다. 새싹이 움틀 자리마저 슬쩍 보여 주면서. 식물의 강인한 인내력과 생존력을 오롯이 느낀 순간이었다.

경이로워 나는 한참을 그 식물들을 들여다보았다. 그러면서 모든 것을 새로 시작할 수 있었다. 리셋. 물론 비겁한 방법이긴 했지만, 이 식물들처럼 나 역시 '생존'에만 집중해 이 봄을 맞을 수 있었다는 사실도 기억해 두고 싶다. 괜찮지 않은데, 애써 '괜찮은 척' 굴다가 겨울 한복판에서 무너졌다면 어떻게 되었을까. 그러므로 아직은 해법을 모르지만, 위험한 환경에 놓이면 힘들다는 것을 인정하고 나를 먼저 보호하기로한다. 그 지점에서 한 걸음씩 내딛어 보기로.

'올해도 할 수 있다.'

오늘은 겨울 동안 미루었던 외출을 해 볼까 한다.

고사리가
가장 원했던 것

고사리 하면 식재료가 먼저 떠오를 것이다. 하지만 블루스 타펀, 아디안텀, 후마타, 노무라, 아비스, 만다이아넘, 다바나 등의 고사리는 식재료 이전에 식물이다. 어느 숲에나 흔하다.

어느덧 독립한 지 4년째다. 나만의 공간이 생기자 그동안의 쌓인 갈증을 풀고 싶었던지 많은 식물을 들였고, 많은 식물과 이별도 했다. 보통 식물을 들이면, 기존 식물들 사이에 그 식물에게 가장 좋은 자리를 마련해 주려고 한다. 빛이 많이 필요한 식물들은 창가나 베란다, 그보다 해에 덜 예민한 식물은 그 뒤로 바짝 붙여 두는 식이다.

고사리는 어디쯤일까. 고민하다가 대충 어두운 곳에서 살아간다는 정보를 귀동냥했다. 자연스레 고사리 식물들은 어두운 장소에 모아 두었다. 그런데 다른 것들은 쑥쑥 커 가는

데, 고사리들만 성장이 느렸다. 처음에는 '고사리는 원래 성장이 느리구나' 하고 안일하게 생각하고 말았다. 큰 오해였다.

이사를 하면서 고사리의 생육 조건에 대해 고민하지 않을 수 없었다. 그 사이에 고사리가 많아졌기 때문이다. 기존 집보다 평수가 컸고, 베란다도 생겼다. 대부분의 식물을 베란다로 이사시켰고, 실내에는 손이 많이 가는 식물 그리고 고사리만 남겼다.

그런데 '이사 몸살'이라고 하기 의아할 정도로 고사리 잎사귀가 빠르게 타 들어가는 것이다. 사실 실내가 너무 건조하긴 했다. 나만 해도 얼굴이 땅겨 이전보다 수분크림을 더 발라야 했으니까. 원인은 분명했다. 방 안의 식물 밀도가 낮아지면서 습도가 낮아진 것. 반면 베란다 습도는 언제나 80퍼센트 이상을 유지해 식물들이 물 만난 물고기마냥 아주 신이 나 있었다.

고사리는 '공중 습도'에 예민하다. 즉 당장 물을 붓거나 뿌려 주는 것보다 주변 공기가 늘 습한 상태를 선호한다는 뜻이다. 가습기를 사서 고사리들 사이에서 틀어 놓았다. 순식간에 습도가 75~85퍼센트 사이를 왔다 갔다 했다. 으쓱했다. '이제 해 줄 만큼 해 줬어.' 큰 문제를 놓치고 있는 줄도 모른 채말이다.

가습기를 돌리자 축 처져 있던 고사리 잎들이 팽팽하게 차올랐다. 그런데 웬일인지 성장은 여전히 더뎠다. 며칠 후 식물 가게 사장님과 이런저런 수다를 떨다가 새로운 사실을 알게 되었다. 고사리가 뜻밖에도 볕을 좋아한다는 것이다.

'무슨 말이지? 고사리가 볕을 좋아한다니?'

때마침 여리디여린 아디안텀이라는 고사리가 죽어 가고 있었다. 실험을 해 보기로 했다. 커튼을 열어 젖히고 빛을 들였다. 그러자 놀라운 현상이 벌어졌다. 아디안텀을 비롯해 고사리들이 기다렸다는 듯이 아주 빠른 속도로 새순을 뽑아내는 게 아닌가. 사장님 말이 맞았다. 고사리들은 성장에 탄력을 받아 근경의 크기 또한 빠르게 키워 갔다. 고사리 번식 방법에는 여러 가지가 있다. 잎 뒷면에 생기는 '포자'가 퍼져 번식하거나, 성장한 뿌리나 근경을 잘라 내 번식시키는 방법도 있다. 근경은 고사리 번식 수단 중 하나라서 크기나 개수가 '얼마나 잘 컸나'를 판가름하기도 한다. 부드러운 빛, 그것이 고사리가 가장 원한 것이었다!

어릴 때 책을 무척 좋아했다. 책이라는 형태라면 모조리 읽었다. 서점에서 책을 구경하다 고른 책을 안고 집으로 돌아오던 길의 희열을 아직도 기억한다. 부모님은 책 사는 것에 관대하셨고, 나는 그 돈을 허투루 쓰지 않았다. 주로 소설을 읽었다. 잠시 현실세계를 떠나 있을 수 있다는 매력에 반했던 것 같다. 한 번 읽기 시작하면 새벽까지 읽어 부모님을 걱정시킬 때도 있었다. 책을 많이 읽는 것과 국어 성적은 완전히 별개였지만.

내겐 국어 시간도 다른 수업들처럼 지루했다. 글의 일부분을 잘라 내 읽고, 정해진 해설을 외워야 하는 시간. 글을 쓰고 싶었던 내 욕망과는 거리가 멀었다. 당시 내 안에는 수많은 이야기가 들끓었고, 나는 어떤 방식으로든 그것들을 끄집어내고 싶었다. 결국 여러 길을 거쳐 지금 이렇게 글을 쓰고 있다. 내가 다른 것보다 조금 더 잘할 수 있는 일을 누군가 알려 줬다면, 아니 힌트라도 줬더라면 어땠을까 하는 생각에 잠길 때가 있다. 내가, 고사리가 가장 잘 자랄 수 있는 환경을 조금 더 빨리 알았다면 고사리들이 덜 힘들었을 것을 생각하면서 말이다.

물을
재우는 마음으로

'흙, 바람, 해, 물.'

식물에게 꼭 필요한 것들이다.

흙. 식물의 종류에 따라 산성도, 통기성, 마름의 정도나 필요한 영양소 등이 달라진다. 흙은 식물에 알맞게 배합해 쓰거나 미리 배합된 것을 구매해 쓰면 된다.

바람. 부족할 경우에는 선풍기나 서큘레이터의 도움을 받을 수 있다.

햇볕. 가능한 한 햇볕을 잘 받을 수 있게 식물은 창가에 두는 게 좋은데, 그러기 어려울 때는 '식물등'이라는 해결책이 있다. 식물등은 식물 생장에 필요한 빛을 제공해 주는 전구이다. 해보다는 부족하지만 도움받을 용도라면 충분하다.

물. 사람은 위생과 기호, 맛 등을 이유로 정수기 물이나 생수를 마시는데 식물에게는 어떤 물이 가장 좋을까? '빗물'이다. 빗물이 식물에게 가장 자연스럽고 영양가가 풍부한 물이다. 이 때문에 식물 덕후들은 비가 내리면, 온갖 빈 바가지를 바깥에 내어 놓고 빗물을 받느라 허둥지둥 바쁘다. 천둥과 번개가 친 날의 빗물이 영양가가 더 높다는 이야기를 듣고 난 뒤로는 그런 날이면 더 신이 난다. 받아 놓는 데 한계가 있어서 사시사철 이 좋은 물을 줄 수 없다는 것이 안타까울 뿐이다. 그래서 '영양제'처럼 주고 있다.

식물 덕후들은 '물을 묵힌다', '물을 재운다'는 표현을 자주 쓴다. 사람은 언제나 정화한 물을 비롯해 신선한 물을 아꼈다. 그런 물이 건강에 도움이 된다는 믿음 때문이다. 그런데 식물에게 도움이 되는 물은 묵힌 물이다. 물속의 염소 성분이 사라진 물. 적당한 용기에 물을 담아 햇볕에 3~4시간 두거나, 해를 보기 어려울 때에는 적어도 하루 이상 묵힌 후 사용하면 좋다. 나는 보통 2, 3일 묵혀 쓴다. 각자의 물 주기 패턴에 맞게 묵혀 쓰면 된다.

식물에게 물을 줄 때면 신이 난다. 마른 흙에 물을 살살 붓다 보면 "뽀로록" 하고 물 먹는 소리가 들린다. 모든 사람이 꼭 한 번은 들을 수 있다면 좋겠다. '이 소리를 들으려고, 식물

키우나 보다' 할 정도로 식물이 물 마시는 소리는 귀엽고 중
독성 있다. 실컷 물을 주고 나면 빈 물통들이 나를 빤히 쳐다
본다. 잔뜩 쌓인 통을 요령 있게 부엌으로 가져가 다시 물을
가득 채워 집 한구석에 묵힌다. 어찌 보면 '물을 며칠 방치하
는 것'이라고 표현할 수 있겠지만, 이 과정을 행하는 나의 마
음은 사뭇 다르다.

묵힌 물을 주는 것은 나로서는 사랑의 표현이다. 때때로 마
음이 아프고, 무기력증이 나를 압도한다. 그런 와중에도 매일
식물의 물을 챙긴다는 건 엄청난 용기와 사랑이 없으면 실천
하기 어려운 일이다. 내가 물 마시는 것은 잊어도 식물 물은
꼭 챙기려고 노력한다. 물론 너무 힘들 때는 물 주기를 외면
한 적도 있다. 처참히 말라 죽어 있는 몇몇 식물을 나중에 발
견하고는 스스로를 비난한 적이 한두 번이 아니다.

우울로 인해 생기는 무기력은 보통의 무기력과 차원이 다
르다. 적당한 휴식이나 동기 유발, 친구와 속 얘기를 나누는
것 정도로는 완화되지 않는다. 마음껏 쉴 수 없고(왠지 불편하
고 불안하다), 삶의 목표가 사라지기도 하며, 주변인에 대한 관
심을 끄거나 끊기도 한다. 우울은 몸과 마음에 쇠 추 같은 무
기력을 끌고 온다.

이런 상태에서는 물 주기도, 빈 통에 물을 채워 넣기도 힘

들다. 움직이도록 스스로를 압박하지 않으면 물통들은 빈 채로 방치된다. 이 때문에 우울의 한복판에서 누군가를 보살핀다는 것은 사랑이 아니면 할 수 없는 행동이라고 하는 것이다. 나는 눈물을 훌쩍이면서 빈 통에 겨우 물을 담기도 했고, 결국 그렇게 하지 못한 날도 많았다.

우울증과 불안장애가 있는 내가 수많은 식물을 꾸려 나간다는 것은 어쩌면 모험일지도 모르겠다. '제 몸도 가누기 힘든데 물이나 제때 줄 수 있겠어?'라는 말이나 딱 듣기 좋다. 하지만 나는 식물을 통해 성장하고 위로받으며 기다림도 배웠다. 살아오면서 나는 '기다림'이 가장 힘들었다. 언제나 나의 삶을 관통한 대부분의 사건은 '기다리고, 견뎌야' 하는 것들이었다. 물론 이제 더는 견디지 않기로 작정하고 기다리지도 않기로 마음먹었지만, 어디 인생이 뜻대로 되던가.

식물들에게 줄 물을 묵히면서 기다림을 배웠고, 이제 나 스스로도 기다려 주기로 했다. 정신병원 치료를 받으면서 속으로 '넌 어쩜 이렇게 회복이 늦니?', '빨리 질병코드를 하나씩 줄여 나가야지!' 하며 다그쳤다. 돌아보면 나는 나를 제대로 기다려 준 적이 없었다. 약물 치료를 끝내고 상담만 받으라는 엉뚱한 조언에 쉽게 휩쓸렸고, 극단적으로 약을 '끊으라'

는 명령에도 흔들렸다. 긴 치료에 느리게 변해 가는 스스로가 답답했기 때문이다. 물론 약해지긴 했지만 지금도 여전히 그런 생각은 갖고 있다. 그래도 많이 달라졌다. 이제 물을 재우는 마음으로, 나를 기다려 주기로 했으니까. 그 누구도 대신해 줄 수 없는 나만의 과제이다. 타인의 비난에 쉽게 상처받고 스스로에게도 가혹하게 굴었지만, 이제 나만의 속도가 있음을 인정하려 한다.

병든 아랄리아에게서
보지 못한 것

아랄리아는 잎사귀가 얇고 길고 뾰족하며 사방으로 뻗어 있다. 첫눈에 반해 바로 집으로 들였다. 함께한 지 3년 정도 되었는데도 들여다보고 또 들여다본다. 갈퀴 같은, 제 딴에는 공격 자세를 취한 것 같은 잎사귀가 특히 귀엽다.

그런데 우리 집 아랄리아는 성장이 아주 느렸다. 나와 같은 시기에 구입한 사람들의 SNS를 보면 분명히 차이가 났다. 처음엔 안절부절못하다가, 이 친구만의 시간이 필요한가 보다며 걱정을 접었다.

걱정이 다시 수면으로 떠오른 건 분갈이 시즌이었다. 봄, 가을은 흙이 오래되었거나 부쩍 많이 자란 식물들에게 흙갈이나 분갈이를 해 주는 시기다. 다른 집 아랄리아들은 어엿하게 자라 모두 한 단계 큰 집으로 이사를 가고 있었다. 그런데 우리 아랄리아는 플라스틱인가 싶을 정도로 성장하는 기미가 보이지 않았다.

문제가 있음을 확신하고, 검색을 시작했다. 생장에 필요한 것들을 다시 점검했다. 아무리 봐도 안 클 이유가 없었다. 이상 요인이 없었다. 그런데 왜 이럴까. 좀 오래 고민했지만, 내게는 관리해야 할 다른 식물이 많았다. 많은 식물과 살다 보니, 손이 필요한 곳은 넘쳐 났고 손을 보다 보면 시간은 금세 흘러가 버렸다. 아랄리아는 어느덧 내 관심의 영역에서 벗어났고, 물이나 겨우 얻어먹는 처지가 되었다.

식물을 키우다 보면 성장이 빠르거나 키우기 까다로운 식물에 자연스레 손이 더 간다. 이유 없이 애정이 가거나 호흡이 잘 맞는 식물도 있고, 반대로 잘 키워 보겠다고 집에 들였는데 어쩐지 호흡이 잘 안 맞는 것들도 있다. 물을 줘도 계속 머금고만 있거나 반대로 뱉어만 내거나 하는 것이 그 예다. 어떤 식으로든 탈만 나는 사고뭉치들도 있다. 서로의 리듬이 어긋나는 것이다. 호흡이 삐끗하는 순간이 계속되면 안타깝고 답답하다. 정말 친해지고 싶은데 마음대로 안 되니까.

물론 호흡이 잘 맞는 것도, 탈을 일으키는 것도 아닌 식물들도 있다. 아랄리아가 그랬다. 남의 집 아랄리아처럼 멋지게 자라 주는 것도 아니고(어느덧 비교하고 있었다), 잎이 다 말라 죽어 가는 것도 아니었다. 그저 어제가 오늘인 듯, 오늘이 내일인 듯 무던하게 늘 같은 모양으로 살아갔다. 마치 '가짜 나무' 같았다. 나는 아랄리아가 죽지 않으니 물을 줬고, 커 나가지 않으니 분갈이를 해 줄 일이 없었다. 그렇게 또다시 무심하게 시간이 흘러갔다.

이사를 했다. 집 구조가 달라져 식물들의 자리도 다시 잡아 줘야 했다. 고사리와 칼라데아, 직사광선을 좋아하고 바람을 좋아하는 유칼립투스 등은 베란다에 내놓았다. 선반에도 하나둘 식물들 자리를 잡아 주는데, 유독 자리를 잡아 줄 수 없는, '여기도 저기도 아닌 구역'의 식물이 몇 있었다. 그중 하나가 아랄리아였다.

식물들을 한참 정리하다가 힘이 들어 잠시 쉬었다. 그런데 맞은편에 놓인, 아직 자리를 잡지 못한 아랄리아가 신경 쓰였다. 그래서 가만히 들여다봤다. 그런데 어라? 뭔가, 뭔가가 있었다. '솜깍지벌레'였다. 솜이 붙은 것처럼 보여 처음에는 먼지나 곰팡이인 줄 알았는데 자세히 보니 솜깍지벌레라는 해충이 아랄리아를 천천히 잠식하고 있는 게 아닌가. 마디마디 솜깍지벌레를 안고 살아남기 위해 아랄리아는 안간힘을 쓰고 있었다.

아, 미련한 나여! 식물에 문제가 생기면 검색이나 공부를 할 것이 아니라 식물을 들여다보고, 흙도 만져 보고, 잎과 가지 마디마디를 면봉으로 긁어 점검도 해 봐야 하는 것을. 이미 그렇게 배웠고, 해 오던 일이었는데 왜 아랄리아는 유독 대충 넘긴 것일까. 어리석게도 엉뚱한 곳에서 헛물만 켜고 있었던 것이다. 솜깍지벌레들을 우선 면봉으로 다 긁어낸 후 아랄리아를 물로 씻기고 약을 뿌렸다. 아랄리아를 집에 처음 들인 날처럼 영양제도 뿌려 줬다. 아랄리아 입장에서는 아주 의아했을 것이다. 오랜 기간 관심도 없던 집사가 갑자기 자신을 꼼꼼히 돌봐 주니 말이다. 그저 가만히 들여다보기만 했어도 금세 원인을 알 수 있었을 텐데, 충분한 시간을 들이지 않았다. 너무 안일하게 식물들을 키우고 있었다. 식물에게는 '성실한 관찰자'가 꼭 필요하다.

여러 정신질환에 시달려 간혹 남에게 고민을 털어놓을 때가 있다. 그럴 때 나에게도 이야기를 '잘' 들어주는 '성실한 관찰자'가 있으면 좋겠다. 하지만 안타깝게도 일장연설을 하며 무언가를 가르치려는 사람이 더 많다. 오히려 내가 그들의 이

아랄리아

야기를 들어주다 헤어진다. 물론 뭐라도 도움이 될까 싶어 그들이 그랬다는 건 안다. 하지만 나는 내 고민을 들어주고, "그랬구나" 하며 가볍게 고개를 끄덕여 주는 정도의 사람이 절실했다.

심지어 어떤 이들은 우울증에 대해, 우울증에 걸려 있는 나보다, 매주 상담해 주는 의사 선생님보다 더 아는 척을 한다. 우선 만인이 외치는 '약을 줄여라'부터 시작해서 '정신력이 중요하다'까지 설교 내용은 다양하다. 마치 내가 정신력이 약해서 우울증에 걸렸고, 위험한 약에 의존하다 중독된 사람인 것마냥 판단한다. 우울증은 정신력이 약해 생기는 병이 아니고, 약 또한 일련의 치료를 마치면 의료진과 상담 후 줄여 나간다.

많은 정신질환자가 홀로 치료 과정을 거치며 크고 작은 힘든 일을 겪는다. 정신질환은 신체적으로 뚜렷한 증상이 보이지 않다 보니 위로하기도 애매한 구석이 있을 것이다. 그럼에도 "힘내!"라고 하는 분이 많다. 그런데 이 두 글자는 듣는 내내 허망함을 불러일으켜 씁쓸하다. 나도 힘을 내고 싶다. 나보다 내가 힘내기를 바라는 사람은 없을 것이다. 그런 추상적인 말보다는 '가만히 곁에서 살펴보고 있다'는 사인을 주는 것, 그것이 주는 안정감이 더 위로가 된다고 말하고 싶다.

팔다리를 다치면 부축을 받듯, 정신질환을 치료하는 과정에서도 조금의 도움이 필요하다. 정신질환자가 제시간에 밥과 약까지 챙겨 먹기는 사실 매우 힘들다. 혼자 산다면, 상태가 좋은 날에 약을 좌르르 펼쳐 놓고 자신만이 알아볼 수 있는 안전한 방법으로 약을 분류해 두는 것이 좋다. 상태가 나빠졌을 때 바로 집어먹을 수 있게 말이다. 둘 이상이 사는 집이라면, 곁에서 밥과 약을 적당히 챙겨 주는 것(때에 맞게 먹었는지 묻는 것)이 환자에게 매우 도움이 된다.

병든 아랄리아를 성장이 느리다고 혀를 차며 바라본 나는 '실패한 관찰자'였다. 식물의 성장에 문제가 있다면 반드시 원인이 있는 것인데, 꼼꼼히 들여다보지 않고 남의 집 아랄리아와 비교나 하고 있었다. 내 모든 식물에게 나는 늘 성실한 관찰자여야 한다는 걸 이번 일로 새삼 깨달았다. 자주 들여다보고, 잎 뒷면도 살펴 주고(잎 뒷면에 해충이 붙어 있는 경우가 많다), 영양이 부족하면 채워 줄 수 있어야 한다. 아픈 식물이 오랫동안 방치되지 않도록 바라봐 주고, 조금 돕는 것. 어떤 생명체든 그것이 가장 반가운 보살핌이리라.

사라져 가는
식목일

어릴 때 식목일을 떠올리면, 많은 사람이 이곳저곳에서 나무 심는 광경을 보여 주던 TV 방송이 생각난다. 그때는 식목일을 비중 있게 다루었다. 그런데 요즘은 달력의 여러 날 중 하나일 정도로 존재감이 사라졌다. 대통령이 나무를 심어야 잠깐 화면에 비치는 정도다. 식목일의 처지가 이렇게 되어 식물을 아끼는 사람으로서 안타깝다.

그런데 사실 나무를 심고 싶어도 심을 땅이 없다. 대부분의 산은 산림청이 관리하고 있고, 식물을 심는 행위는 금지되어 있다. 그 이외의 땅은 개인이나 사기업 소유다. 많은 사람이 아파트에 사니 결국 우리에게는 '공중의 땅'만이 허락된다. 물론 나도 공중의 땅에서 식물들을 기르고 있다.

아파트에 사는 누군가가 나무를 키우기로 다짐한다고 치

자. 아파트 한 층 높이가 보통 2.5미터라면 그보다 훨씬 작아야 할 것이다. 대부분 천장까지 자라는 나무는 집에 두고 싶어 하지 않으니까.

우리 집에는 커다란 움벨라타 고무나무가 있다. 베란다 천장에 닿을 듯 말 듯 할 정도로 자라 있다. 한번은 병충해가 생겨 샤워부스까지 옮겨야 했는데 아주 진땀을 뺐다.

큰 나무를 아파트에서 키우려면 여러 가지로 불편한 점이 많다. 큰 나무는 자리를 많이 차지하고, 물 주기도 가늠하기 어렵고, 무엇보다 화분을 옮길 때 거의 집 안에 비상벨이 울린 것처럼 엄청난 힘을 써야 한다. 혼자서는 옮길 수가 없다. 만약 친구가 크게 자랄 나무를 키우고 싶어 한다면 나는 말릴 것이다. 이유를 설명하기 전에 그냥 우리 집 나무를 보여주련다. 낭만적인 생각으로 무턱대고 나무를 집에 들였다가 너무 커져 버려, 버리거나 판매하는 경우를 많이 봤기 때문이다.

물론 큰 나무가 주는 장점 또한 많다. 우선 생명력이 강하다. 작은 식물들보다 손길이 덜 간다. 해충이 생겼는지 정도만 살피면 된다. 큰 나무는 또한 우직하게 자람으로써 듬직함과 안정감도 준다. 나 역시 움벨라타 고무나무를 바라보면 든든하다. 우울증이 나를 집어삼킬 때면 나는 내 집에서조차 외부인이 된 느낌을 받는다. 어느 곳에도 정착하지 못하는 기분이다. 함께 사는 이들에게 애써 밝고 씩씩한 척 굴지만 실상 그 모습은 껍데기다. 그렇게 사는 건 외롭고 쓸쓸한 일이다. 한없이 가라앉아 있는 나라는 알맹이를 지상으로 끌어올려 줄 무언가가 필요했다. 나에겐 그것이 반려견이고, 식물이었다.

그럼에도 컨디션이 극도로 좋지 않을 때는 반려견과 식물에게도 외부인이 된다. 반려견에게 밥과 물은 주어도 마음까지 주지는 못한다. 주로 침대에 누워 있고, 현실에서 잠으로 도피한다. 한두 시간 후에 깨어나면 텅 빈 방 안이다. 쓸쓸했다. 그리고 아침부터 한마디도 소리 내지 않았음을 알게 된다. 온전히 혼자라는 사실과 직면하는 순간이다. 그때 마음을 안정시킨 유일한 존재가 움벨라타 고무나무다. 오랜 시간 함께했고, 듬직하게 서 있던 그 나무.

많은 사람이 지쳐 있다. 열심히 일하는 것을 당연시하고 그렇게 살아야 한다는 강박감에 시달린다. 일이 많으면 당연히 야근을 하고, 과제가 많으면 밤샘 공부를 한다. 못 챙긴 잠은 버스나 지하철에서 보충한다. 공공장소에서 잔다는 건 자연스럽지 않은 행동이다. 매우 사적인 행위를 낯선 이들이 가득한 장소에서 행하는 것이니까. 우리는 너무 성실해서 너무 피곤한 게 아닐까.

피곤한 사람들을 위해 당장 할 수 있는 일은 '틈새 휴식'을 취할 수 있게 해 주는 것이다. 점심을 먹고 잠시 앉아 쉴 작은 공원이 곳곳에 있다면 얼마나 좋을까. 공원에서는 누구나 무료로 휴식을 취할 수 있다. 공원은 휴식이 필요한 모든 이를 품어 준다. 많은 사람이 일상에서 자연스럽게 틈새 휴식을 만들어 가면 좋겠다. 그것이 다음으로 나아갈 수 있는 충분한 휴식이라면 더 바랄 것이 없으리라.

기후 변화를 반영해 식목일을 3월로 변경하자는 움직임이 있다. 4월 5일이면 이미 초여름 날씨가 돼 버리는 시대가 된 것이다. 더불어 2012년에 제정된 '바다 식목일'도 주목받고 있다. 식목일처럼 바다 속에 해초와 바닷말(해조류) 등을 심는 날인데, 바다 속 사막화를 막기 위한 실천이다. 바다는 지구의 기온을 조절하는 데 아주 중요하다.

이처럼 지구 온난화가 많은 이를 움직이고 있다. 집 안에 나무 몇 그루 있는 것이 전부이지만 나는 3월이든 4월이든 식목일이 많은 사람에게 논의 대상이 된 것만으로도 기쁘다.

기왕이면 식목일이 다시 공휴일로 지정돼 누이 좋고 매부 좋은 상황이 되면 정말 좋겠다.

나의 사랑,
토분

양재동 꽃 시장에 자주 들른다. 다채로운 식물이 많고, 흙과 화분도 같이 살 수 있어 안성맞춤한 곳이기 때문이다. 화분은 인터넷으로도 주문할 수 있는데, 알맞은 크기를 고르기가 쉽진 않다.

양재동 시장에서 산 화분 중 하나가 이탈리아 토분 데로마 Deroma다. 한동안 내게 '화분=데로마'였다. 이후에 여러 토분을 알게 되었고, 다양한 것을 써 보면서 국내 화분 시장도 제법 크다는 사실을 알고 놀랐다. 제네스 포터리, 디어마이팟, 스프라우트, 카네즈센, 가드너스 와이프, 아트리움, 블리스볼, 두갸르송 등 브랜드도 많고, 브랜드마다 지향점과 그에 따른 시그니처도 있다. 품질도 뛰어났다.

이 중 특히 반한 것이 두갸르송. 마침 서울에서 유일하게 두갸르송을 취급하는 식물 가게가 내 단골 가게였다. 두갸르송을 처음 보았을 때는 겉모양새가 좋고, 통기도 잘될 것 같아서 아무 생각 없이 구매했는데, 써 보니 기대보다 훨씬 좋은 화분이었다. 식물 가게에 들러 몇 개를 더 샀다. 그렇게 두갸르송에 빠져들었다.

하지만 좋은 것은 모두 알아보는 법. 곧 두갸르송은 불티나게 팔렸다. 그 바람에 항상 '5초 전쟁'이 벌어졌다. 인터넷 사이트에서 구매를 클릭! 하고, 5초에서 10초 사이에 결재 창으로 넘어가지 않으면 꽝, 다음 기회를 노려야 했으니까. 오프라인 매장에서 판매할 때는 전날 밤부터 줄을 서는 사람들이 생겨났다. 한 명당 구매 개수가 제한되었지만, 그들은 기꺼이 긴 줄에 섞여 기다렸다. (나도 마찬가지였다.) 이제 더는 식물 가게 선반에 놓인 화분을 보며 '몇 개 사 갈까?' 하는 사치스러운 고민을 할 수 없게 되었다.

계속 토분을 쓴다는 건 '사랑'이라는 말이 아니면 설명할 수가 없다. 토분은 말 그대로 흙으로 빚은 것이라 적잖이 무겁다. 이런 토분을 들고 분갈이를 하면 손목, 어깨를 비롯해 온몸이 쑤신다. 식물 덕후라도 화분만은 플라스틱 화분을 쓰는 이가 많은 이유다. 플라스틱 화분은 가지런히 모아 두기도

편하고, 무엇보다 훨~씬 가벼우니까.

그럼에도 내가 계속 토분을 쓰는 이유는 이렇다. 일단 토분으로 '입문'을 해서고, 그다음은 아무래도 토분이 식물에게 더 좋으리라는 '믿음'이 있어서다. 이젠 집에 토분이 가득해서 다른 화분을 살 이유도 없어졌다. 수납공간마다 토분이 켜켜이 쌓여 정말이지 산을 이루고 있다. 어떤 때에는 이 광경이 부담스럽지만, 대부분은 정말 든든하다.

문득, 병원을 처음 선택했을 때가 떠오른다. 원체 정신과 상담에 별다른 기대치가 없었던지라 삐딱한 태도였다. '누가 나에 대해 함부로 얘기하면 듣지 않을 거야'라고 단단히 마음먹은 상태였다. 운이 좋게도 어느 정도 대화가 통하는 선생님을 만나게 됐는데, 일부러 리액션을 과하게 하지 않는 모습에 마음이 놓였다. 크게 기대하지 않아 감동이 더 컸을지도 모르겠다.

정신과를 찾았을 때 단번에 만족하는 경우는 드물다. 절실한 사람일수록 더 그렇다. 절실한 사람은 하고 싶은 말은 많고, 듣고 싶은 말의 범위는 좁다. 당장 죽을 것 같은데, 정말 죽겠는데 그런 사람을 앞에 앉혀 두고 낭만적인(?) 소리를 하는 분이 많다. 그런 경험은 크게 낙담하게 할 수밖에 없다. 그렇다고 해서 병원 찾는 일을 그만둬선 안 된다. 필사적으로 이곳저곳 방문을 이어 나가야 내 말에 귀를 기울여 줄 의사한 명을 찾아낼 수 있다.

'병원 찾아다니기'는 어려운 일이다. 당장 몸 일으키는 것조차 힘든 사람이 희망을 품고 치유하러 다닌다는 것은 엄청난 용기를 낸 것이다. 병원을 찾는 과정에서 가장 힘 빠지고 어려운 것은 내 이야기를 반복해서 해야 한다는 점이다. 녹음기를 틀어 줄 수는 없으니, 무조건 나 자신이 해야 하는 일이다. 지난 상처를 떠올리고 꺼내 놓으면서 다시 마음을 어지럽히는 과정을 거쳐야 하니, 매번 지친다.

이런 사실을 알아서 병원에 큰 기대를 하지 말라고 조언하고 싶다. 의사도 사람이고, 직장인이란 사실을 잊어선 안 된다. 할 수 있는 한 최선을 다하는 사람도 있겠지만, 권태나 무력감에 시달리는 의사도 있을 것이다. 그렇다는 전제하에 우리는 상처 주는 사람을 걸러 내면 된다. '어느 정도' 대화가 통하는 사람을 찾으면 된다는 기준점을 만들면 된다. 물론 이유불문하고 1, 2분 컷으로 상담, 병명 진단을 거쳐 약 처방까지하는 일방적인 병원은 피하기를 바란다. 미안한 말이지만, 그곳은 약 제조기와 다를 바가 없다.

어느 깊고 어두웠던 날 소용돌이 같은 어둠에 빠져 허우적거릴 때, 그 의사 선생님은 입원 치료를 권하셨다. 순간 내 머릿속에 떠오른 정신과 입원이란 '진정으로 심각한' 환자들에게 해당되는 것이었다. 팔다리를 강제로 묶고 약으로 잠만 재우는 곳 아닌가라는 선입견과 편견이 쉴 새 없이 가동되었다. 설마 그러지는 않겠지 하는 생각을 동시에 하면서도 강하게 드는 거부감을 어쩔 수는 없었다. '날 왜 보내려고 하지?', '손 떼고 싶으신가?' 등의 오만 가지 생각이 들었고, 그런 제안을 받을 때마다 에둘러 거절했다.

하지만 '불안', '우울', '공황' 등의 증상이 더 심각해졌다고 내 모든 감각이 비상벨을 울리며 고함치고 있었다. 이제 더는 홀로 버틸 힘이 남아 있지 않았고, 내가 '진정으로 심각한' 정신과 환자라는 사실을 인정해야 했다. 그 의사 선생님이 써 준 진료의뢰서를 들고 대학병원에 갔다. 그곳 선생님이 상황을 종합적으로 판단한 후 입원 여부를 결정하시리라. 입원 치료로 결정되었고, 또 다른 병원을 트게 되었다.

입원실은 내 우려와 달리 평범했다. 팔다리 묶는 일은 환자 본인과 타인에게 해를 끼칠 만한 위급한 상황이 아닌 한 일어나지 않는다고 했다. 주치의 선생님은 거의 매일 찾아와 긴 상담을 해 주셨다. 선생님이 질문을 유도한 것도 아닌데, 나는 남에게 하지 못했던 깊은 이야기를 다 털어놓아 버렸다. 오래전에 말라 버린 눈물이 다시 나기 시작했다. 두 선생님이 번갈아 가며 나의 마음을 무방비 상태로 만든 모양이었다. 그들이 나에게 어떤 기법(?)을 썼는지는 전혀 모르겠지만.

길다면 긴 시간을 보낸 후 퇴원했다. 이제 심각해지면 언제든 병원을 찾아 입원해도 된다는 대비책을 하나 마련하게 된 것이다. 이 좋은 경험 덕분에 마음 아픈 누구에게든 입원 치료를 권할 수 있게 되었다.

뭐든 처음 것은 중요하다. 시작이 어떤 사람에게는 전부가 될 수도 있기 때문이다.

나만의 속도가
필요해

유포르비아 플라티클라다, 필로덴드론 몬스테라, 스킨답서스 엔조이. 식물들은 모두 다른 종이고, 필요한 빛과 물의 양도 다르며, 좋아하는 흙의 배합도 다르다. 가장 큰 차이점은 '자라나는 속도'이다. 스킨답서스 엔조이, 필로덴드론 몬스테라, 유포르비아 플라티클라다 순서로 빠르게 자란다. 식물의 성장 속도는 어떤 노력이나 조건으로 바꾸는 데 한계가 있다. 제아무리 영양제를 많이 주고 좋은 흙 배합을 해 주고 딱 맞는 빛을 쐬어 준다 해도 어지간해서는 바뀌지 않는다. 반대로 성장을 늦추는 것 역시 바꾸기 어렵다.

집사들 사이에서 흔히 쓰는 말에 '웃자란다'는 표현이 있다. 식물이 알맞은 자리가 아니어서 혹은 계속 비가 내려 해

몬스테라

를 충분히 쐬지 못할 때, 해를 찾아 평소보다 가지를 길게 뻗는 경우가 있는데 이런 상태를 웃자란다고 한다. 웃자란 가지는 다른 것들보다 얇고 허약하다.

그런데 웃자라는 것이 어디 식물뿐일까. 나만 해도 웃자란 것 같으니 말이다. 어릴 때 '애어른'이라는 소리를 자주 들었다. 실제로 마음의 성장 속도가 빨랐던 것 같다. 그 자양분이 상처, 결핍이었다는 것이 애석할 뿐이다. 나 같은 아이가 있는가 하면 정반대의 아이들도 있을 것이다. 하지만 사실 이런 분류는 어떤 기준을 세워 생긴 것 아닌가. '그 나이에는 꼭 무엇을 해야 해'라고 설정해 버리는 바람에 많은 사람이 이상한 '바보'가 되기도 한다.

누군가는 로즈마리이고, 또 누군가는 아디안텀일 뿐인데도 그 둘 사이에 교묘하게 선을 그어 버린 꼴이다. '빠르고/느리다', '강하고/약하다' 등으로 우열을 두면서. 로즈마리에게 물을 주듯이 홍콩야자에게 그러면 과습으로 죽는다. 로즈마리는 소문난 '물 먹보'이다. 아디안텀에게 같은 고사리인데 왜 블루스타펀만큼 건조에 강하지 않느냐고 나무란다면, 아디안텀은 떨떠름한 표정을 지을 것이다. 블루스타펀은 건조에 강한 잎을 가진 반면 자신은 야들하고 레이스 같은 모양의 잎을 가진 다른 존재이기 때문이다.

모두가 5월엔 장미가 최고라고 우기면, 해바라기나 핑크 뮬리, 메리골드는 자연히 실패자가 되는 것 아닌가. 계절마다 볼 수 있는 식물이 다른데 말이다. 식물들은 저마다 각자의 속도로, 재능의 방향대로 흘러가게 되어 있다. 인간은 식물들이 갖고 태어난 속도를 억지로 조절하려는 욕심을 접고 인내만 하면 된다.

일례로 다육식물인 유포르비아 엔터로포라와 유포르비아 플라티클라다는 몸에 물을 잔뜩 비축해 두어서 건조한 곳에서도 잘 산다. 물을 자주 주지 않아도 씩씩하게 잘 자라는 것이다. 이 둘에게 고사리인 아디안텀에게 주듯 물을 준다면? 몸체가 흐느적거리다 물러 결국 죽고 말 것이다. 따라서 다육식물을 들여다볼 때는 각오가 필요하다. 예쁘다면서 자꾸 물을 주고 싶어 하는 손을 부여잡고 꾹 참아야 한다. 물이 마르면 다육식물은 신호를 보낸다. 화분이 공기처럼 가벼워지고 (이 가벼움이 평소의 상태이다) 몸체가 약간 쭈글쭈글해진다. 물은 이때 줘야 한다. 밑으로 물이 살짝 새어 나올 정도로만. 몇 시간 다른 일을 보다가 들여다보면 주름진 부분이 펴지고 탱탱해져 있는 것을 확인할 수 있다.

식물을 가장 잘 키우는 사람은 '잘 참는' 사람이다. 식물이

원하는 속도를 잘 읽어 주는 사람, 물을 더 주고 싶을 때 한 발 물러설 줄 아는 사람, 식물마다 자라는 속도가 있음을 인정하고 가만히 그 식물 고유의 리듬을 읽을 줄 아는 사람 말이다.

1인 가구,
나의 가족들

5월은 '가정의 달'. 귀엽게 어린이날로 시작해서 묘하게 부부의날로 마무리되는 달. 그런데 나는 가정의 달이 되면 나라로부터 훈육당하는 기분이다. 여기서 '가정'은 무엇일까. 그정의가 시대에 따라 변해 왔다는 건 다 아는 사실이다. 대가족였다가 소가족였다가 핵가족였다가 그랬다. 요즘의 가정은 흔히 이성애자 부부에 미혼 자녀로 구성된 형태를 이른다. 그런데 나는 이 틀에서 벗어나 있다.

나는 어버이날 가출했다. 그리고 현재 주민등록등본을 떼어 보면 1인 가구로 돼 있다. 동거인이 두 명 있지만, 주민등록상엔 나만 있다. 나에게 가족은 나와 함께 살아가는, 내가선택한 식구를 말한다. 그러니까 두 동거인과 두 강아지 그리고 수많은 식물이 나의 가족 구성원이다. 가정에서 내가 맡은

역할은 '가장'이다. 굵직한 건은 두 동거인과 상의를 하지만 자잘한 것들은 내가 결정한다. 두 동거인은 그런 내 선택을 믿고 따라 준다. 가장이 처음이다 보니 왕왕 실수도 한다. 그럴 때 식구들은 나를 질책하기보다 '그럴 수 있다'를 연발한다. 이 말이 위로가 되는 순간이 많다.

동성의 3인과 개 두 마리 그리고 수많은 식물. 이들을 아울러 가족으로 쳐주는 시대가 오긴 할까. 아직까지는 별 문제 없이 잘 살아가고 있지만, 급박하게 치료를 받아야 할 때 지금의 동거인들이 가족으로서 권리를 행사할 수 있을까? 그렇게 할 수 없다면 우리는 가족이 아닌 것일까? 머리가 복잡해진다.

카네이션. 모양새가 우아하다. 금방 흐물거리거나 휘어지지 않고 꾸준히 물을 빨아올려 꽤 오래 살아 있는 모습도 대견하다. 요즘 나오는 카네이션은 색뿐 아니라 꽃무늬도 각양각색이다. 그래서 꽃집에 들렀을 때 예뻐서, 시장에 많이 풀려서 별 고민없이 구입해 꽃병에 꽂은 적이 많다. 그럼에도 5월의 카네이션은 마주칠 때마다 오만 가지 생각을 불러일으킨다.

요즘도 자주 내가 집을 나와야 했던 그 일련의 일들을 곱

씹는다. 처음에는 기억이 나지 않던 일부분을 불러오려고 시작했던 행위였는데, 이제는 생각이 생각을 불러 다른 길목에 이르러 있다. '만약 내가 그렇게 하지 않았다면', '만약 내가 이렇게 했다면' 등등 상상이 꼬리에 꼬리를 문다. 그렇다고 해서 집 나온 일을 후회한다는 말은 아니다. 결과도 달라지지 않았을 것이다. 다시 강조한다.

"나는 그날 밤, 나의 행동을 후회하지 않는다."

카네이션 외에도 5월 하면 떠오르는 꽃과 식물이 많다. 꽃 중엔 캄파눌라가 있다. 캄파눌라는 호롱불처럼 생겼다. 살 때는 시들어 보여도, 물에 꽂으면 금세 꽃이 동그랗게 피어난다. 부겐빌레아도 있다. 몇 주 전부터 식물 가게에 놓인 커다란 부겐빌레아 나무를 보며 침을 흘렸는데(진심으로 바라봤다), 사장님이 혹시 내가 몰래 들고 가기라도 할까 봐 걱정하셨는지 작은 부겐빌레아를 들여서 파셨다. 얼핏 보면 꽃 같지만, 사실은 잎bract이 꽃처럼 보이는 매력적인 식물이다.

부겐빌레아를 들여놓으니 온 식구가 신기해 모여든다. 강아지들은 한 번 휙 보고는 가 버렸지만, 인간 식구들은 달랐다. 집 안이 화사해져선지 절로 미소를 띤다. 그도 그럴 것이 그동안 나는 웬만해선 꽃이 달린 식물은 거의 들이지 않았다.

캄파눌라

이처럼 꽃은 화사한 자태에 어디서든 눈길을 사로잡는다. 자꾸 보게 되고, 공간의 공기가 달라지는 경험을 하게 해 준다.

5월에 볼 수 있는 대표적인 식물이 아디안텀이다. 큰잎아디안텀이 시장에 나왔기에 즉시 들였다. 얼마 전까지만 해도 구하는 것이 정말 어려웠는데, 금세 흔해지려나 보다. 아디안텀은 낙엽이 지는 것도 아니면서 강한 빛을 주면 냉큼 핑크색 새잎을 틔운다. 꽃이 달리지 않아도 화사한 식물들이 있는데 아디안텀이 그렇다.

물론 모든 아디안텀이 핑크색으로 변하는 건 아니다. 초록색의 아디안텀도 잎 모양이 다양해서 충분히 아름답다. 작은 잎들이 촤르르 펼쳐진 것을 보고 있으면 홀린다. 아디안텀은 키우기 어렵다고 소문이 나 있는데, 적응기만 잘 넘기면 이후로는 비교적 큰 문제없이 잘 자란다.

5월엔 라일락도 본격적으로 피기 시작한다. 중형 라일락을 들였다. 어느 하나 빼놓지 않고 모든 꽃망울을 터뜨리는 라일락. 베란다에 들어서면 라일락 향이 가득하다. 그 향기가 기분을 몽골몽골하게 만든다. 길을 걷다 라일락 나무 아래에 서면, 고작 몇 송이가 피었을 뿐인데 향수라도 흩뿌리는 듯하다.

아디안텀

요즘은 정상 가족 이데올로기가 많이 흔들리고 있다. 시대 흐름이 반영되고 있는 것 같다. 우리 가족을 비롯해 주변엔 설명하기 귀찮을 만큼 수많은 사연을 가진 가족 형태가 많다. 누구에게 옳다, 그르다는 평가를 받기 위해 실험 삼아 가정을 꾸리는 사람은 없다. 그냥 태어나 이루어진 가족도 기적 같은 만남이지만, 새롭게 다시 가족을 꾸려 살아가는 것 역시 경이로움 이상이다. 나는 누구와 어떻게 살아갈지 매우 신중히 결정했고 아직까지는 잘 지내고 있다. 삶은 한 번뿐이니, 나를 잃지 않으면서 앞으로도 나아갈 작정이다.

올리브나무처럼

올리브나무가 죽었다.

식물은 나를 살렸지만, 나는 식물을 계속 죽여 왔다. 우울증이 깊어지는 시기가 반복되었기 때문이다. 우울증과 불안장애가 한꺼번에 들이닥치면 아무 일도 할 수 없었다. 생활이 정지되었다. 외출을 하지 않고, 밥도 먹지 않고, 자지도 못했다. 폭식을 하거나 지나치게 많이 잤다.

죽고만 싶은 이런 내가 매일 식물들에게 물을 주고, 식물들의 상태를 살피고, 자리를 옮겨 주는 것은 너무도 힘든 일이었다. '나는 왜 책임져야 할 일을 이렇게나 벌여 놓았을까.' 후회하는 날이 많았다. 다른 생명체를 돌볼 여력이 없었다. 그런데 식물들은 '괘씸하게도' 이런 내 상태에 아랑곳하지 않았다. 죽고 싶어서 날짜를 헤아리고, 내일이 없는 사람처럼 절망에 빠져 괴로워하는 일에도 그것 나름대로 에너지가 쓰인다. 믿기 힘들겠지만 사실이다. 절망을 넘어 '무음'과 '적막'의 상태에 이르면 스스로 느낀다. 자살할 에너지조차 남아 있지 않다는 것을.

의미랄 게 없는 매일을 보내며 나는 점점 더 지쳐 갔다. 침대에 누워 있는 시간만 늘어 갔다. 먹고 자는 것, 병원에 가서 치료받는 것 모두 언감생심이었다. 가끔, 지금 나는 시체와 뭐가 다르지 하면서 자조했고, 그런 생각을 하다 보면 서글퍼졌다. 하지만 마음은 복받쳐도 눈물은 나오지 않았다. 안에서 바싹 말라 버린 듯했다. 마음속으로 눈물을 흘리며, 목 졸림을 당하는 사람처럼 숨이 막혀 가슴을 두드려 댔다. 다시 눈물을 흘리기까지 오랜 시간이 걸렸다. 치료는 더뎠고, 풀어 나가야 할 과제는 쌓여 있었다.

많은 식물이 죽어 나갔고, 마침내 올리브나무마저 죽었다는 걸 확인했다. 기이하게도 그 순간 올리브나무에 내가 오버랩되었다. 올리브나무 모습이 가까운 내 미래 같았다. 꼬이고 말라 버린 잎은 살짝 건드리기만 해도 우수수 떨어졌고, 가지 끝을 만져 보니 바싹 말라 있었다. 하지만 차마 사망 선고를 내리지 못하고, 베란다 구석에 밀어 넣어 두었다.

수렁 같은 고통에서 겨우 벗어나 식물들에게 눈길을 돌릴 여유가 생겼을 때, 잎을 모두 떨구고 앙상한 가지만 남은 올리브나무가 눈에 들어왔다. 죽었어도, 내가 내다 버리기 전까지는 죽은 게 아니지.

그땐 무슨 생각이었는지 다른 식물에게 물을 줄 때 올리브나무에도 줬다. 그리고 '왜 죽었을까', '말라 죽었을까 아니면 물이 너무 많았나?' 등 계속 묻게 되었다. 점점 더 올리브나무에 신경이 쓰였다. 그간의 충동적이고 위험한 생각들에서 올리브나무로 생각이 옮겨 가자 마음도 점차 안정되었다. 여전히 죽고 싶은 마음은 있었지만, 조금 생겨난 에너지를 죽어 가는 식물들과 올리브나무에 쏟아부었다. 의무처럼 매일 화분에 물을 주었다. 올리브나무가 살아나리라고 기대한 건 아니다. 그저 올리브나무에게마저 사망 선고를 내리고 싶지 않았을 뿐이다. 괜히 오기가 치민 것이다.

이 주일쯤 지났을 때다. 여느 날처럼 미로 같은 베란다 숲이곳저곳을 살피던 중이었다. 그러다 아주 작은 새잎을 발견했다. 올리브나무 가지에 새잎이 "뽁" 하고 나와 있었다. 살아 있었던 것이다! 오기를 부리지 않았다면, 죽은 식물의 화분을 비우는 데 부지런을 떨었다면, 하마터면 물이 말랐을 뿐 살아 있는 올리브나무를 내 손으로 버릴 뻔했다. 나는 마치 내가

올리브나무

죽었다 살아난 것처럼 감격했다. 곧장 올리브나무를 볕이 잘
드는 곳으로 옮기고, 물도 계속 줬다.

이 일을 계기로 나는 아주 조금이나마 움직이기 시작했고,
병원에도 갈 수 있게 되었다. 움직이니 배가 고팠다. 낮의 활
동 덕분에 다시 비교적 편하게 잠도 잘 수 있었다. 당연한 일
들이 조금씩 일상으로 돌아왔다. 모든 것이 보통 사람들의 기
준에는 한참 못 미쳤지만, 어제보다는 오늘 내가 더 나아지고
있다는 점이, 느리지만 회복하고 있다는 것이 내겐 중요했다.
분명 다시 살아나고 있었다. 그것이면 족했다.

한 달 정도 지나니, 올리브나무는 언제 그랬냐는 듯 제법
많은 잎을 달았고, 새 가지도 냈다. 있는 힘을 다해 회복하고
있었다. 동시에 나도 최선을 다해 하루하루를 채워 갔다. 나
를 이렇게 변화시킨 올리브나무가 고마워 올리브나무에 더
신경을 썼다. 물 줄 때를 맞추려고 매일 흙을 만졌는데, 그 과
정에서 평온함도 얻었다. 흙을 직접 만지는 것이 얼마나 마음
을 다스리는 데 좋은지 많은 사람이, 정말 많은 사람이 알았
으면 좋겠다.

흙을 만질 때의 평온함은 인간에게 원초적인 감정이 아닐
까. 요즘은 특별한 이벤트나 휴가지에서 흙 만지기를 경험하

는 사람이 많지만, 사람은 본래 땅에서 나 땅으로 돌아간다. 기회가 되면 흙을 구매해서 분갈이를 직접 해 보기를 권한다. 손은 조금 더러워지겠지만, 맨손으로 흙을 섞고 조몰락거리면서 분갈이를 하다 보면 힐링이 뭔지 실감하게 된다.

지금 올리브나무는 이전의 기세를 잃지 않고 브이 자로 잘 자라고 있다. 잎도 더 무성해졌다. 이젠 생채기 하나 보이지 않는다. 가만 보면 여름을 기대하는 눈치다. 기회만 되면 마구 성장하겠다는 '야심'도 엿보인다. 사람도 그럴 수 있을까. 상처 자국 하나 남지 않게, 곱게 다시 치유될 수 있을까. 다시 또 치유되지 못한 상처들이 무서운 얼굴로 달려들 때, 죽고 싶은 마음에 잠식당할 것만 같을 때 그때마다 나는 제2의 올리브나무를 찾아 살려 내고, 위로받으며, 앞으로 나아갈 것이다.

지나친 사랑의
문제

상담을 받으러 가는 날이었다. 택시를 타도 거의 늘 이어폰을 꽂고 있어 라디오를 들을 일이 없었는데 그날은 이어폰을 챙기지 못했다. 택시 안에서 우연히 퀸의 노래 〈Too Much Love Will Kill You〉를 들었다. 이게 정말 우연이라고만 할 수 있을까?

'지나친 사랑이 당신을 죽일 거야'란 노래 제목은 식물 기르기에도 오롯이 적용되는 사랑의 운명이다. 나는 아끼는데, 좋아하고 사랑하는데, 실수를 만회할 충분한 시간을 주지 않고 식물은 죽어 버린다. 식물 덕후들은 그런 식물을 흔히 "어려운 애"라고 표현한다. 물론 진짜로 키우기 어려운 식물도 있지만, 때로 어떤 식물들은 키우는 사람이 너무 사랑해서 죽기도 한다.

나 역시 너무 사랑해서 죽인 식물이 많다. 최근 나에게 과제 같은 아이는 '녹영'이다. '콩란'이라고도 한다. 다육식물인 녹영은 알알이 연결돼 있는 가닥들을 늘어뜨린 채 집에 도착했다. 그런데 얼마 지나지 않아 곧 물러서 죽어 버렸다. 녹영을 죽인 게 벌써 세 번째. 물을 너무 많이 줘서 죽였고, 굶겨말려 죽이기도 했다. 세 번째 녹영을 받아들고서야 무엇이 문제였을지 진단했다. 물이 문제였나? 물을 너무 자주 줬나? 아니, 두 번째는 너무 적게 줘서 죽었잖아? 빛이 문제일까? 빛이 부족한가? 바람은? 등등 하나하나 점검했다. 그런데도 결국 또 죽고 말았지만.

그간 식물은 나에게 위안과 평온을 주는 존재였는데 이제 고민의 대상이 되다니! 다소 낯선 상황이다. 녹영을 잘 키우는 집사들에게 어떻게 하면 좋을지 묻자 "그냥 두면 잘 크던데요"란다. 너무 쉬운 답변에 바람 빠진 풍선처럼 허탈해진다. 그냥 두라고?

알알이 만지면 터질 것 같은 싱그러운 녹영. 내가 녹영을 어찌 대해야 할지 모르는 사이, 녹영은 때론 방치되고 때론 너무 사랑받아 서서히 죽어 갔다. 방치는 분명히 문제인데 사랑은 대체 뭐가 문제란 말인가. 너무 많은 관심과 사랑이 녹

녹영

영을 내 곁에서 떠나게 하다니! 사람과 사람 사이에도 건강한 거리가 필요한 것처럼 식물과 사람 사이에도 '거리'가 필요하다. 물론 거리는 식물에 따라 다르다. 여하튼 식물을 종일 들여다보는 것이 꼭 그 식물에게 좋은 것만은 아님을 녹영 덕분에 알게 되었다.

식물을 잘 죽이는 사람들은 사랑이 지나쳐 죽일 때가 많다. 계속 들여다보고 만져 보다가 과습으로 죽이곤 한다. 과습過濕은 물이나 습기가 지나치게 많은 상태를 뜻한다. 이것은 식물에게 치명적이다. 사실 물이 부족해서 죽는 것보다 과습으로 죽는 경우가 더 많다.

초보 집사들은 식물 가게에서 며칠에 한 번 물을 주라는 말을 듣고 싶어 한다. 그리고 그것이 법인 양 강박적으로 지킨다. 하지만 며칠에 한 번 물을 주는 것이 정해져 있는 식물은 없다. 계절별로, 식물이 자라는 공간에 따라, 습기나 흙·화분 등에 따라 물을 주는 주기가 달라진다. 그런데 덮어놓고 식물 가게의 '며칠에 한 번'을 신봉하는 분들이 있다. 물이 마른 것 같으면 내 할 일을 안 한 것 같고, 식물이 목말라할 것 같다는 걱정에 빠진다. 식물은 물고기가 아니다!

식물 가게들은 그들대로 고충이 있을 것이다. 식물을 구입

해 가는 사람들은 가게에서 최대한 많은 정보를 얻어 가고자
한다. 어디에 두는 게 좋을지, 얼마나 빨리 자라는지 등에 관
해서 말이다. 그리고 자신이 꾸준히 해야 할 일 중 하나가 '물
주기'라는 사실을 깨닫고는 결심하는 것이다. 하지만 물 주기
에 확고부동한 답은 없다. 좀 더 정확히 말해 주려면 구매자
의 집이 남향인지 북향인지, 집의 습도는 어느 정도인지, 베
란다가 있는지 없는지부터 시시콜콜 물어야 하는데 과연 판
매자와 구매자가 그럴 만큼 가까운 사이냔 말이다. "얘는 일
주일에 몇 번 물 줘요?"라는 질문을 처음 만들어 낸 사람을
색출해 내고 싶을 지경이다.

식물은 생각보다 강하다. 그냥 놔둬도 잘 지내는 경우가 많
다. 화분째 들었을 때 물을 줬을 때와 확연히 무게감이 다르
다면 대부분 식물은 그때 물을 주면 된다. 눈으로만 보고 물
줘야 할 때를 안다면 굉장한 경지에 이른 사람이다. 물 먹보
인 식물들도 적당한 물 말림 과정은 필요하다. 마를 틈 없는
사랑(물)은 그들을 풍요 속에서 뿌리째 썩게 하니까. 식물을
잘 기르려면 잠시 사랑을 멈추고, 적당히 기다릴 줄 알아야
한다.

식물 덕후들 사이에선 '물 주기 3년'이라는 말이 있다. 물
주기를 제대로 아는 데 적어도 3년이 필요하다는 뜻이다. 이

정도로 물 주기는 매우 어렵고 까다롭다. 식물과 함께 산 지 꽤 되어 나름 물 주기에 일가견이 있다고 생각하는 나도 새로운 식물을 만날 때는 여전히 긴장한다. 새 식물은 과제이자 도전의 대상이어서 물을 줄 때마다 세심히 상태를 관찰하고 살핀다. 식물을 곁에 두는 한 계속 겪어야 할 일이다.

네 번째 녹영을 들였다. 이번이 마지막일지, 또다시 시련을 겪을지 아직은 모르겠다. 이 말을 명심한다면 마지막이 될 수도 있지 않을까.

"Too Much Love Will Kill You."

한국에서 식물을 키우는
위험한 일에 대해

식물에 관심을 갖다 보면 자연스레 마음에 드는 식물이 눈에 들어온다. 유독 좋아하는 식물도 생겨 어느 순간부터는 마음이 동하기 시작한다. 기를까, 말까. 물론 기르게 될 것이다. 이제 무엇을 해야 할까. 우선, 건강한 식물을 얻자. 비싸다고 해서 좋은 건 아니다. 식물을 들이는 건 '식연'이라 할 만큼 우연과 인연이 엮인 결과이다. 식물에게도 '시가'라는 것이 있으니, 시가를 중심으로 건강한 개체를 조금 더 싸게 살 방법을 찾아보는 것이 좋다.

원하는 식물이 당시 시장에서 흔히 구할 수 있는 거라면 고민할 일이 없지만, 그게 아니라면 좀 오랜 시간을 들여야 할 것이다. 이곳에 사지 말아야 할 곳, 주의해야 할 곳의 이름을 쭉 나열하고 싶지만 꾹 참는다. 팁 하나 남기자면, 식물 사진을 유심히 보길 바란다. 업체명은 다른데 식물 사진이 비슷하거나 같다면 결국엔 같은 업체일 가능성이 크다. 멀쩡한 회사라면 왜 여러 업체명을 쓰겠는가?

요즘은 수입 식물도 인기가 많다. 낯선 것이니 신기해하는 건 어찌 보면 당연해 보인다. 인기 많은 몬스테라만 해도 본래 고향은 멕시코이다. 인터넷에서 검색해 보면 멕시코나 그와 비슷한 기후의 나라에서는 몬스테라가 우리가 상상하지 못할 만큼 크게 자라는 모습을 볼 수 있다. 우리 집 몬스테라를 보면 한 잎 두 잎 자라길 애타게 기다리는 내 처지가 초라해 보일 지경이지만.

식물을 구할 때 그다음으로 염두에 두어야 할 것이 우리나라 기온이다. 우리나라는 2020년만 해도 최고 기온이 영상 36.5도, 최저 기온이 영하 18.6도로 기온 차가 큰 편이라 사실 식물을 기르기에 좋은 환경은 아니다. 이런 점을 감안하고 계절별로 식물을 어떻게 관리하면 좋을지 알아두는 부지런함이 필요하다. 특히 겨울이 문제다. 이 시기에 신경 써 관리하지 못하면 아끼는 식물이 모두 동사하는 참혹한 경험을 하게 될 것이다. 식물은 겨울에는 따뜻하게, 여름에는 서늘하게 수발 들 듯이 관리해 줘야 한다.

사람마다 식물 기르는 양상이 다르다. 안스리움만 키우는 사람이 있는가 하면, 필로덴드론 종류만 파고드는 사람도 있다. 제라늄이나 리톱스만 키우는 사람도 있다. 물론 나같이 이것저것 다 수용하는 잡식성 집사도 존재한다. 나는 아직 초보 티를 못 벗어선지 이것도 저것도 예뻐 함께 살아 보고만 싶다.

여러 식물을 기르면서 나름대로 정해 둔 규칙은 있다. '식물에게 좋은 환경이 있다면 최대한 그곳에 둘 것'이다. 그래서 직사광선을 싫어하는 식물은 안쪽에 배치하고, 방 안에 두고 보고 싶지만 햇볕을 좋아하는 식물이라면 꾹 참고 베란다로 내보낸다. 식물이 많아지면 선반에 식물을 지그재그로 퍼즐 맞춤 하듯이 채워 넣기 마련이다. 가장 해가 많이 필요한 식물은 가장 바깥쪽에, 나머지는 점차 안쪽으로 배치하는 식이다. 몇 번 하다 보면 요령을 터득하게 된다.

베란다에 있는 식물 중에 실내에 두고 보면 정말 좋겠다 싶은 것들이 있다. 이 유혹에 넘어가지 말자. 그 대신 자주 베란다로 나가 들여다보면 된다. 물론 늦가을에서 초봄까지는 대부분 식물을 실내로 들여야 한다. 베란다에서 버틸 수 있다고 해도 온풍기를 틀어 주는 게 안전하다. 우리나라에서 식물을 키우는 일은 1년의 거의 반은 점차 식물을 실내로 들이고, 나머지는 점차 실외로 빼는 과정이라고 생각하면 되겠다.

다시 말하지만 식물과 함께 사는 일은 그리 녹록지 않다. 어느 가게에서든 사시사철 흔히 볼 수 있는 작은 로즈마리만 해도 물 주기, 두기 좋은 장소 등이 생각보다 까다롭다. 대부분 허브는 한국의 기후와 잘 맞지 않다. 허브도 잘 키우면 여러 해 동안 살지만, 한국에서 여러 해를 보내려면 살뜰한 보살핌을 받아야 한다.

식물 기르기가 쉽지 않음에도 식물을 곁에 두는 이유는 식물이 마음에 끼치는 영향 때문이리라. 한순간이든, 여러 날이든 식물 덕분에 다시 살아 낼 힘을 얻은 적이 있다면 일상 한가운데에 식물의 자리를 꾸려 놓고 싶지 않을까.

가끔 나는 나에게 작은 식물을 선물한다. 이유도 모른 채 힘이 쭉 빠질 때가 있다. 그런 날이면 잠시 멈추어 현실을 돌아보면서 놓친 것이 없는지 살핀다. 몰아치는 감정을 애써 누르는 대신 작은 식물을 내게 선물한 후 성장 과정에 집중해 본다. 이 식물은 어떻게 커 갈까, 새잎은 어떤 모양에 어떤 색일까. 그렇게 식물에 관심을 기울이다 보면 어느 결에 감정이 '툭' 건드려지고, 그 감정들과 마주하게 된다. 이를 통해 나는 또 약간 성장한다. 이런 일들이 쌓여 삶의 궤적이 만들어지고 이 궤적은 또다시 불쑥 슬픔이 몰아쳐 올 때 방패막이가 되어 준다. 내게 선물한 작은 식물이 분갈이를 거듭해 커다란 화분에 심겨 있는 모습을 보고 있자면, 기특하고 뿌듯하다. 나 자신도 쓰다듬어 주고 싶다.

　요즘 들어서야 일상은 매우 힘을 내서 지켜 내야 하는 것임을 깨달았다. 그동안 나는 노력했지만 일상을 지키는 것이 너무나도 힘들었다. 매일 잘 자지 못한 채 억지로 일어나 일을 했다. 사실 '일을 했다'는 능동적인 표현은 맞지 않다. 노트북 앞에 나를 앉혀 일을 시켰다는 수동형이 더 맞다. 우울의 수렁에 빠졌을 때는 또 다른 내가 '식물에 물을 줘라', '제때 밥과 약을 챙겨 먹어라'는 등의 일방적이고 혹독한 지시를 내렸다. 하지만 번번이 그것을 해내지 못했다. 결국 나는 그런 자신을 질책했고, 무시하고, 비난했다.

　이런 시기엔 식물들조차 원망스러웠다. 왜 나는 이 까다롭고 예민한 존재들을 잔뜩 들여 스스로를 옥죄는가. 내가 답답하고 바보같이 느껴졌다. 이렇게 자신과 갈등하는 사이, 돌봄을 받지 못한 식물들은 춥고 목이 말랐을 것이다. 나와의 싸움을 끝내게 해 준 건 단골 식물 가게 사장님이었다.

　"식물은 모두 죽어요. 죽을 거 생각하면 못 키워요. 영원한 건 없어요."

　'어떠한 것도 영원하지 않다. 나는 영원하지 않은 것을 조금 더 일찍 죽였다. 반성하되 다시 앞으로 가자.' 이 생각을 마음에 새기기까지 긴 생각과 큰 용기가 필요했다. 생각이 정리된 날 나의 발길은 자연스레 식물 가게로 다시 향했다. 마침 그곳엔 눈길을 사로잡는 나비단풍이 있었다. 어둡고 칙칙한 마음이 화사하게 물드는 것 같았다. 다시, 시작이었다.

튤립을
자주 볼 수 있는 이유

아버지 사업이 실패했다. 자연스러운 귀결일지 모르겠다. 애초에 사업에 소질도, 흥미도 없는 분이셨다. 심지어 당시는 IMF 외환위기 때였다. 잔혹한 경제 전쟁에서 살아날 수 있는 사람은 극소수였다. 굴지의 기업과 은행들마저 사라져 갔고, 수많은 사람이 직업을 잃었다. 소상공인들은 말할 것도 없이 급속도로 무너져 내렸다. 정말이지 나라 자체가 파산해서 다들 넋을 놓고 있을 때였다.

어머니는 아버지보다 자신의 팔자를 탓하셨다. 아버지를 원망하면 즉시 부부싸움으로 이어지니, 화는 풀어야겠기에 그쪽으로 생각을 돌린 게 아닐까 싶다. 아버지가 집이라도 비우면 어머니는 자신의 팔자가 이 모양이어서 형편이 나아지지 않는다며 내게 하소연했다. 어린 나에겐 그 공기가 불편하고 버거웠다.

딱 한번 어머니가 아버지에게 불만을 터트리신 적이 있다.

"왜 그렇게 고개를 푹 숙이고 다녀요! 꼴 보기 싫게."

사람이 등허리를 펴고 당당하게 걸어 다녀야지, 그렇게 다 망한 사람처럼 고개를 숙이고 다니는 게 싫다고 하셨다. 지금도 기억할 만큼 인상적인 말이었다.

시간이 흘러, 내가 우울증과 불안장애에 심각하게 시달릴 때였다. 친한 언니가 밥을 사 주겠다며 만나자고 했다. 식사를 마친 후 언니가 계산하는 동안 출입구에서 멋쩍게 기다리고 있는데, 언니가 불쑥 내 등을 토닥였다. 갑작스러운 스킨십에 '헛' 하고 놀라는 찰나 나지막한 소리가 선명히 날아왔다.

"등 펴고! 기운 내."

힘든 내색을 전혀 하지 않았는데도 언니는 알고 있었다. 물론 표정에 다 드러났을 테지만. 얼마 뒤 길을 걷는데 불쑥 어디선가 "등 펴고!"란 목소리가 들려왔고 그 순간 내 자세가 자각되었다. 고개를 푹 숙인 채 구부정한 자세로 바닥만 보고 걷고 있던 내 모습 말이다. 그 환청에 반사적으로 고개를 들었는데 바닥과는 정반대의 풍경이 펼쳐져 있는 게 아닌가. 조팝나무 꽃이 활짝 피어 있었다.

조팝나무

그 순간 눈물이 떨어졌다. 어머니가 그렇게도 싫어하셨던 '인생이 다 망한 것처럼 고개 숙인' 사람이 이제는 내가 되어 있는 것이다. 당시 나는 부모님에게 받은 상처 때문에 어머니, 아버지를 이해하기 싫었고, 절대 이해할 수 없는 사람들이라고 단정하고 있었다. 그런데도 문득 이런 물음이 스쳤다. 그 시절 아버지에게는 위로해 줄 조팝나무가 있었을까. 살아가는 일이 얼마나 고단한지 어렴풋이 짐작할 수 있는 나이가 되어서야 뒤늦게 든 생각이다. 삶은 한 치 앞도 내다볼 수 없고, 마음대로 흐르는 법이 없다.

누구나 식물을 키우지는 않는다. 그럴 필요도 없다. 나야 식물을 사랑하니 식물 키우기를 권하고 싶은 마음이 굴뚝같지만, 식물을 들이면 생각보다 손이 많이 가기 때문에 그런 마음을 꾹 누른다. 키우지 않으면 볼 수도 없느냐? 전혀 그렇지 않다. 식물은 키우지 않아도 '도시 조경'은 누릴 수 있다.

내가 살고 있는 지역은 도시 조경에 공을 들인다. 그 덕분에 산책길에서 계절의 변화를 생생히 느낄 수 있다. 식물을 키우지 않아도 길거리에서 튤립이나 측백나무, 철쭉, 각종 비비추, 바위취와 고사리까지 수많은 종류의 식물을 때맞춰 만날 수 있다. 계절마다 그해의 유행을 반영하여 담당 공공기관과 계약한 전문 업체가 조경을 시행한다. 웃을지 모르는데 식물 세계에도 유행이 있고 그 회전 또한 매우 빠른 편이다. 시기마다 소위 '뜨는 식물'이 있다.

도시 조경은 이전과 확연히 달라졌다. 예전에는 관리가 쉬운 식물들을 한번 심어 놓을 뿐이었다. 이를테면 철쭉을 많이 심었다. 철쭉은 개화 기간이 길고, 해충에도 강하다. 게다가 우리나라 전역에 분포하니 행정기관에게는 반가운 식물이었을 것이다. 자연스레 철쭉이 도시 조경의 대부분을 차지했다.

요즘은 싹 바뀌었다. 계절별로 식물이 다르고, 한 계절 안에서도 식물이 서너 번 바뀐다. 그래선지 이전에는 길가에서 보기 힘들었던 튤립 같은 수입 식물들도 자주 볼 수 있다. 비비추는 비교적 오래가는 탓인지 쓰이고, 바위취는 많이 알려진 식물이 아닌데 유행을 반영하려는 것인지 여기저기에 심겨 있다. 심지어 얼마 전에는 길가에서 고사리도 발견했다. 요새 식물 시장에서 고사리가 주목받는 추세를 반영한 것일까. 절로 감탄이 나왔다.

조경은 이렇게 점점 더 발전하고 있고 그 덕분에 도시는 더 섬세하고 아름답게 변모하고 있다. 사람들은 다채로운 꽃과 식물들 모습에 발을 멈추었고, 꽃과 식물들 이름을 묻기 시작했다.

식물이 무슨 위로를 주겠냐며 회의적인 태도를 보이는 분들도 있을 것이다. 하지만 늘 한자리에 있는 가로수 그 자체가 때로 위로가 되듯이, 내가 의식도 못하는 사이에 어떤 식물들은 내 삶의 배경이 되어 삶을 더 풍요롭게 해 준다. 어떤 이들에게는 식물이 밝은 에너지를 주고, 또 어떤 이들에게는 소중하고 아름다운 추억의 배경이 되어 주며, 마음이 무너진 어떤 사람에게는 일어설 용기를 줄 수도 있다. 혹시 이 순간 지난 시절의 나처럼 걷고 있는 이가 있다면 그의 눈에 그만의 조팝나무가 띄기를.

병원에서
'정원'을 가꾼 일

4년 전, 처음 정신병원을 찾았다. 정말 큰 용기를 냈다. 병원에 전화를 했더니 예약을 해야 한다기에 아무 날을 잡았다. 그런데 그날이 다가오자 두렵고 떨렸다. 어디서부터 어떤 이야기를 해야 할지 몰라 괜히 주눅이 들었고, 내가 과연 병원에 갈 정도인지에 대한 확신도 서지 않았다. 별 상태 아닌데 굳이 병원을 찾은 사람 취급을 받을까 봐 망설였다. 정신병원은 더 큰 문제가 있을 때에나 가는 곳이라고 생각했기 때문이다. 시간이 가까워질수록 예약을 취소하고 싶은 마음이 강렬해졌다. 도망치고 싶었다.

예약 시간에 맞춰 끌려가듯 갔다. 그런데 의사 선생님을 만나기까지 넘어야 할 관문이 많았다. 엄청난 문진표와 검사지가 기다리고 있었으니까. 생각보다 많은 양이었다. 처음 보는 질문들이라 꽤 오랜 시간 집중해서 체크했다.

그 많은 과제를 해내고 마침내 의사 선생님을 만났다. 초진은 40분가량 진행되었다. 내가 그동안 어떻게 살아왔는지에 관해 주로 물으셨고, 주요 병을 찾는 데 집중하셨다. 그렇게 긴 과정을 통과하고 나자, 나에게는 몇 개의 F코드가 붙었다. (코드는 병원에서 과마다 편의상 붙이는 행정적 분류인데, 알파벳으로 구분한다. 정신의학과는 대개 F코드로 표기한다.) 정신의학과에 가면 특이한 점이 있는데, 많은 경우 병원 안에서 약처방을 한다는 것이다. 나는 일주일에 한 번씩 오라는 권유와 함께 약을 받아 돌아왔다. 예상보다 자주 가야 했다.

그런데 일상에 복잡한 변수가 생기고, 마음이 바닥으로 떨어지는 날이 늘어났다. 집 밖으로 나가지 못하고, 밥과 약도 제대로 먹지 않으며, 심지어 병원을 가지 않는 날이 많아졌다. 어떤 날은 약이 끊기기도 했다. 자의든 타의든 약을 끊으면 단약 후유증을 앓는 환자가 많다. 온몸에 식은땀이 나거나 체온 조절이 되지 않는다든가 하는 것이 대표적이다.

나 역시 이런 증상이 심해져 급기야 응급실에 실려 갔다. 처방전을 미리 저장해 둬야 하는 이유 중 하나가 이런 응급 상황에 대비하기 위해서다. 처방전을 보여 주고, 이 약을 끊어서 고통스럽다고 하면 훨씬 빠르고 순조롭게 치료가 이루어진다.

그러다 주치의 선생님이 응급실에 실려 간 일을 알게 되었다. 선생님은 집 밖으로 나를 끌어내리려고 다방면으로 노력하셨다. 상담 말미에 꼭 짧게라도 외출을 자주 하라는 말씀을 주셨지만, 역시 나는 말을 듣지 않았다.

결국 선생님은 나와 상의도 없이 일주일에 두 번 내원하라고 통보하셨다. 입을 삐죽 내밀었지만 반항할 빌미가 없었다. 일주일에 두 번 병원에 간다는 것은 병원에 머무는 시간이 두 배로 늘어난다는 의미다. 자연스레 병원 이곳저곳을 살펴보게 되었는데, 왠지 허전했다.

병원 이름에 '숲'이 들어간다. 사실 이 단어 때문에 선택한 병원이었다. '병원 이름에 숲을 쓸 생각을 하다니, 그런 생각을 하는 선생님은 어떤 사람일까?' 하는 궁금증 같은 것이 있었다. 그런데 시간이 지나도 병원이 친숙해지지 않는 것이다. 이유가 뭘까. 몇 주 동안 고민한 끝에 그 이유를 알았다. 바로 '식물'이 없어서였다. 병원에 식물이라고는 개원식 때 받은 것으로 추정되는 고무나무와 몇 그루의 난이 전부였다. 병원 이름에는 '숲'이 들어갔지만 내부는 전혀 그 이름과 어울리지 않았던 것이다.

병원 한구석에 조성한 소박한 정원

(지금 돌이켜 보면 왜 말을 했는지는 모르겠지만) 나는 이런 느낌을 선생님께 말씀드렸고, 선생님 허락을 받아 병원에 하나둘 식물을 들이기 시작했다. 사무실의 약한 빛에도 강인하게 살아갈 수 있는 식물들을 찾아야 했다. 우선 내가 사랑하는 몬스테라를 한 그루 데려다 놓았다. 물론 몬스테라는 햇볕을 강하게 받아야 잎이 커지지만, 희한하게도 비교적 약한 빛을 받고도 그럭저럭 살아가는 특성이 있다. 행잉 식물도 몇 개 들여놓았다. 요즘 유행하는 '플랜테리어Planterior' 효과가 있어 좋았다.

플랜테리어 식물 중에 허바리움Herbarium이 있다. 특수 처리한 용액이 담긴 투명한 유리병에 두고 보는 식물이다. 해가 잘 들지 않는 사무실이나 도무지 식물을 키우기 어려운 곳에 좋다. 식물에서 색이 점점 빠져나와 몇 년이 지나면 버려야 할 수도 있지만, 보통의 식물보다는 훨씬 손이 덜 간다. 허바리움 네 종류도 병원 테이블에 놓았는데, 가끔 진료 대기실의 환자들이 "이 색 예쁘네", "나는 이게 더 예쁜데…" 하며 대화하는 소리를 들으면 뿌듯했다.

병원에 정원을 꾸리는 과정에서 이런저런 이유로 죽은 식물도 있고, 굳건히 살아남은 식물도 있다. 여전히 실패와 실

허바리움

패한 자리를 메워 가는 것을 반복하고 있다. 병원 안쪽 작은 공간, 그곳을 작은 숲으로 느낄 한 사람을 위해 나의 숲 가꾸기는 여전히 진행 중이다.

식물이라는 존재에게는 기본적으로 해가 필요하다. 그런데 사무실은 해가 너무 들면 일하기 곤란하기 때문에 해가 잘들어오지 않도록 하는 경향이 많다. 그렇기 때문에 사무실이란 공간은 식물이 살아남기 매우 힘든 곳이다. 냉정하게 말하면, 사무실 같은 공간에 식물을 들인다는 건 오래 살지 못하리라는 전제 아래 '전시'해 놓는 것이나 다름없다.

물론 모든 생명이 그러하듯이 어떤 식물도 영원히 살지는 못한다. 식물에게도 탄생과 죽음이 있고, 수명이 조금씩 다를 뿐 결국 모든 식물은 저문다. 그저 나는 병원이라는 한정된 환경에서 식물들이 최대한 잘 자라길 바라면서 그 존재들을 도울 뿐이다. 이를 통해 나처럼 온몸의 에너지를 모아 처음 병원을 찾은 이들에게 작은 위로라도 해 주고 싶다. 잔뜩 긴장한 채 앉아 있을 수많은 그들에게 미약한 힘이나마 전하려는 것이다. 우리가 의식하든 그렇지 않든 식물은 존재만으로도 마음에 여유를 주니까.

환자들의 방문이 한 번이 두 번이 되고, 열 번이 스무 번이 될 때쯤에, '여기에 식물이 있었네?' 하고 의식하게 된다면, 정말 기쁠 것이다. 물론 치료를 끝내는 날까지 전혀 인식하지 못해도 좋다. 작은 정원을 만들면서 나는 이미 치유받았기 때문이다. 집 안의 정원이 전부였던 나에게 전혀 다른 공간에서 정원을 꾸려 간다는 것은 새로운 도전이었다. 많이 고민했고, 실제로 발품도 많이 팔았다. 새로운 시도를 한 덕분에 실패와 성공의 경험도 많이 할 수 있었다. 특히 여러 사람과 공유하는 공간을 식물로 채우고 유지해 가는 것이 신났다.

집 아닌 어딘가에 정원을 꾸린다는 것은, 자신의 마음을 그곳에 두는 것과 같다. 지금도 치료 약속을 못 지킬 때가 많지만, 병원 숲의 식물들에게 물을 주는 일은 잊지 않는다. 식물의 컨디션을 살피고, 하엽을 정리해 주고, 수경 식물의 물을 갈아 준다. '숲'이 더 울창해지길 바라면서.

세설,
나는 이제 참지 않아

　고통을 참는 것에 익숙하다. 아기 때는 주사를 맞아도 울지 않는 희한한 아기였다고 한다. 초등학생 시절엔 엄마한테 매를 맞아도 울지 않고 견뎌 냈고, 청소년 때에는 맹장 수술이 13시간이나 지연되었는데도 손가락으로 브이 자를 그리며 수술실로 들어갔다. 단 한번도 이런 나의 모습이 자랑스러웠던 적은 없지만, 편하다는 생각은 가끔 했다.

　고등학교 1학년 때 담임 선생님은 사진 찍기가 취미셨다. 학년이 끝나 갈 무렵 한 사람 한 사람 일일이 사진을 찍은 후 사진 뒤에 글도 써 주셨다. 대부분의 친구는 꿈과 미래에 대한 아름다운 격려 메시지를 받았지만, 내 것은 첫 줄부터 '너의 아집은 되레 너에게 독이 될 수 있다'는 독설로 시작돼 있었다. 지금도 이 문장이 큰 상처로 남아 있다. 선생님은 모르

셨을 거다. 당시의 나는 그 '아집'으로 스스로를 지키며 견디고 있었다는 걸 말이다.

이 일로 나는 더욱 냉소적인 사람이 되었다. 학교를 졸업할 때까지 모든 선생님을 불신하며 일말의 기대도 품지 않는 생활을 이어 갔다.

삶은 크고 작은 고통이 이어져 만들어진 타래이다. 그것이 만들어지는 동안 나는 외로움, 실패와 낙오의 고통 등을 그저 감당하고 참으며 견뎌 왔다. 고통은 어디에든 자국을 남기기 마련인데, 그것들과 마주하는 것도 피해 왔다. 삶의 고통들을 어떤 각오나 방어 장치 없이 참아 낼 때마다, 마음에는 커다란 생채기가 남았다. 그것을 지우는 과정이 지금은 숙제가 되었지만, 어쨌든 당시에는 참아 넘겨 살아남을 수 있었다.

슬픔을 참는 것에도 익숙하다. 아주 큰 슬픔이 닥치면 우선 참는다. 머리가 차가워지고 상황 전반을 파악하자는 결론을 내린다. 내가 손해를 봐야 할 (책임져야 할) 부분을 파악하는 것에 집중한다. 슬픔엔 열감이 있어 몸의 고통까지 동반하기 때문에 멘탈이 무너지는 경험도 여러 번 했던 것이 사실이다. 손이 떨리거나 심장이 아린 경우도 있다. 정신적인 아픔은 여

세설

실히 몸으로 드러났다. 정직하게, 때론 냉정하리만치 고통스럽게.

언제부터인가 상황에 마음이 적절하게 반응하지 않는다는 것을 느꼈다. 행복한 순간에 기쁨을 만끽하지 못하고 그것이 사라질 미래를 더 불안해했다. 이렇게 내 마음은 실패와 좌절을 참는 것에만 익숙했다. 그리고 끝내 스스로 슬픔을 해소할 방법을 익히지 못했다. 나를 보호하는 장치가 없으니 나는 거의 늘 날것 그대로의 상태였다. 고의적으로 상처를 주려는 자들에게 상처 입히기 아주 쉬운 먹잇감이었다. 나는 비무장 상태에서 상처를 입고, 참고 또 참아야 했다. 이런 일이 반복되는 사이 마음은 닳고, 낡고, 지쳐 갔다.

좋아하는 식물 중에 '세설'이 있다. 저 멀리 멕시코에서 건너온 식물이다. 초록색 가지가 360도로 회전하는, 방사형으로 자라는 식물이다. 가지마다 그려 놓은 것처럼 흰 세로무늬가 있는데 이것이 특히 매력적이다. 아름다운 가지 끝에는 타협은 없다는 듯 뾰족하고 검은 가시가 하나씩 달려 있다. 가시는 제법 굵고 단단하다. 작은 식물은 원체 부들거려 가위로도 쉽게 잘리고 연약하다고 생각하기 쉬운데, 세설의 가시는 만만치 않다.

세설은 결코 참지 않는다. 방심하다 세설의 가시에 슬쩍이라도 찔리면 아찔하다. "악" 하는 단말마 비명 소리가 절로 튀어 나온다. 조심한다고 하는데도 세설 주변의 식물에 물을 주다 자주 찔린다. 그때마다 처음 겪는 일처럼 정신이 번쩍 들고, 손가락에서 뚝뚝 떨어지는 핏방울을 보면서 또 놀란다. 모든 가지마다 가시가 서 있는 세설을 보며 '어쭈~, 만만치 않은데?' 하며 슬쩍 웃는다.

세설은 분갈이할 때를 제외하고는 거의 만지는 일이 없다. 세설이 스스로를 잘 보호하며 살아가서다. 세설에게서는 자신을 만지려는 어떠한 생명체도 막아 내겠다는 의지가 엿보인다. 그런 세설을 보면서 나는 스스로를 잘 보호하고 있는지 종종 묻는다. 늘 변변한 답을 찾지 못했다. 그러다 다짐했다.

'이제 참고만 있지 말자.'

매일 수십 번씩 죽음을 바란다고 마음속 깊은 곳에서 외칠지라도, 지금 당장 죽음에 나를 던져 버릴 것이 아니라면, 나를 해하려는 자들에게서 나를 지켜 줄 날카로운 방어막을 세울 생각이다. 이제 아픈 것을 애써 참으며 브이 자를 그려 보이던 짓은 그만두기로 한다. 세설이 남을 해하려고 가시를 가진 것이 아니듯이, 나도 남을 해하려고 가시를 세우는 것이 아니다. 그렇게 하는 것이 오롯이 나를 지키는 방법이어서 그 럴 뿐이다.

공원이
많아지면 좋겠다

　런던의 공원 하면 가장 먼저 떠오르는 것이 '하이드 파크'이지 않을까. 하이드 파크는 여의도의 반이 조금 넘는 규모이다. 도심지 공원치고는 상당히 넓은 편이다. 런던에서 이렇다 할 일이 없는 날엔 이 공원으로 숨어들었다. 공원에 들어서면 눕고 앉고 뒹구는 등 자신만의 방식으로 휴식을 취하는 사람들을 흔히 볼 수 있었다. 어떤 이는 책을 읽고, 어떤 이는 강아지와 산책을 했다. 먼발치에서는 가벼운 매트를 깔고 삼삼오오 요가를 하는 사람들도 보였다.

　하이드 파크의 진가를 처음 느낀 날이 떠오른다. 도심 곳곳을 누비며 먹고 즐기던 어느 오후, 불안장애와 공황장애 사이의 묘한 불쾌한 감정이 불쑥 치솟았다. 당시 나는 그런 상태가 무엇인지 몰라 일단 어디든 급하게 숨을 곳이 필요했다. 마침 하이드 파크가 가까이에 있었다. 바로 숨어들었다. 손이 떨리고 불안감에 동공이 요동했다. 식은땀이 흐르고, 체온 조절이 안 됐다. 눈앞의 물건이 두어 개로 흐릿하게 보였다.

공원 안으로 들어서자 바깥 도로의 소음이 희미해져 갔다. 나무들이 소음을 막아 준다고는 알고 있었지만 이 정도일 줄은 미처 몰랐다. 수많은 나무와 풀이 방음벽이 되어 주었다. 가장 가까운 벤치에 앉자 고요함만 남았다. 엉망이 된 몸과 마음을 되돌릴 때까지 가만히 앉아 있었다. 그 순간, 공원에 존재하는 풀, 공기, 나무와 햇살, 사람들 모두가 나를 지지해 주는 것만 같았다.

하이드 파크는 광활해서 산책만으로는 그 크기를 짐작할 수 없다. 공원을 걷다 보면 커다란 연못, 숲길, 들판들이 나타났다 사라졌다 한다. 승부욕을 불태우며 작심하고 돌아다닐 필요는 없다. 여러 의미로 부질없는 짓이다. 내가 소화할 수 있을 만큼만 걸으면 된다.

런던 공원 하면 또 빼놓을 수 없는 것이 햄스테드 히스다. 런던 북부에 있는 이 공원은 여의도보다 더 넓다. 최근에 더 확장했으니 규모가 어마어마하다. 어학원에서 멀지 않은 곳에 있어 이 공원을 자주 찾았다.

어학원은 햄스테드 역에서 10분 정도 걸어가면 있었는데, 영국이 처음이었던 나는 어학원이 있는 동네의 웅장한 집들과 그곳의 한적한 풍경이 런던의 보통 집이며 동네 분위기인 줄 알았다. (물론 그럴 리가 없을 텐데 말이다.) 여하튼 포근하고 따뜻한 동네였다.

나중에 알고 보니, 어학원이 있는 동네는 부촌이었다. 유명한 예술인도 많이 살았다. (어쩐지 어학원 모습도 예사롭지 않았다.) 어학원 재학 시절 나는 땡땡이를 자주 쳤다. 그런 날 간 곳 중 하나가 햄스테드 히스였다. 지도에서 보면 아주 가까웠고, 여기저기에서 드넓다고 칭찬 일색이어서 직접 확인해 보고 싶었다.

햄스테드 히스Hampstead heath는 히스라는 말에서 연상할 수 있듯이 말 그대로 '황야'에 가깝다. 거친 잡초와 야생화가 가득하다. 꾸며지지 않은 길이 있고 나무들이 무성하다. 너른 잔디밭에 도심을 내려다볼 수 있게 뷰포인트를 조성해 놓았는데, 그게 인공적인 개입의 전부였다. 가을을 지나 겨울이 다가오면 그 잔디밭도 을씨년스럽게 변해 버린다. 나에게 이 공원은 헤아리기 힘든 광활한 장소, 어디로 들어갔다가 나오기로 계획해도 영 엉뚱한 곳으로 나오게 되는 '미지의

하이드 파크

세계'였다. 그래서 여러 번 공원 정복에 '도전'했다가 번번이 실패를 맛봐야 했다. 그도 그럴 것이 햄스테드 히스를 '다녀 왔다'는 사람은 봤어도 완전히 '정복했다'는 사람은 들어 본 적이 없다. 완전 정복은 매우 힘든 일이거니와 그곳은 그럴 필요가 없는 곳이기도 했다. 영국에서 공원이란 휴식과 위로 그리고 추억의 공간일 뿐, 애초에 성취와 정복의 대상이 아 니다.

또 소개할 곳이 영국 왕실이 만든 큐Kew식물원이다. 이곳 에서는 전 세계에서 수집하거나 기증받은 식물들을 최대한 알맞은 환경에서 키워 낸다. 런던과 전혀 다른 기후의 식물 들은 온실을 조성해 기른다. 열대기후 식물만 기르는 온실 이 있는가 하면, 사막과 열대기후 사이에서 살아가는 식물 들만 기르는 온실도 있다. 만 개의 다양한 멸종 위기종을 보 호하는 커다란 온실도 있다. 이 때문에 영국인들은 큐식물 원이 식물 종자의 미래를 담당하고 곳이라는 자부심을 갖고 있다.

큐식물원에 가야겠다고 마음만 수백 번은 먹은 것 같다. 그 런데도 쉬 발길을 옮기지는 못했다. 무엇보다 식물원까지 가 는 교통편이 애매했기 때문이다. 지도상으로는 아주 가까운

데, 실제로는 버스를 여러 번 갈아타야 하는 거리였다. 그 버스조차 자주 오지 않았다. 그럼에도 마침내 가게 된 것은 공원 문화가 발달되어 있고, 정원에 대한 대중의 인식도 긍정적인 나라의 왕실에서 작심하고 만든 공간이 어떤지 꼭 직접 보고 싶었기 때문이다. 잠시라도 그 '공간'에 존재해 보고 싶은 마음도 컸다.

런던에 있을 때는 '인간 코알라가 여기 있다' 싶을 만큼 매일 느지막하게 일어나 여유롭게 생활했다. 그러니 어딜 가든 해가 정수리 위에 뜰 때 출발하는 바람에 몇 시에 도착지에 이를지 모를 때가 부지기수였다. 큐식물원에 갈 때도 마찬가지였다. 그날따라 자주 오지 않는 버스마저 연착하고, 갈아탄 버스도 연달아 연착했다. 그 와중에 커피까지 마시며 여유를 부렸더니 아뿔싸, 마지막 입장 시간에 도착하고 말았다. 참고로 마지막 입장 시간은 폐장 한 시간 전이다.

제대로 보려면 하루가 걸리는 곳을 한 시간 만에 본다는 건 애초에 불가능했다. 낙담한 표정을 지으며 한숨을 쉬었더니 매표소 할아버지가 안쓰러워하시며 표를 거의 공짜에 가깝게 아주 싸게 주셨던 기억이 난다.

마감 시간이어선지 정원엔 사람이 많지 않았다. 정원은 상상했던 것보다 더 환상적이었다. 왕실 정원을 통째로 빌린 기분이었다. 광활한 정원에는 다채로운 나무와 꽃들이 꼼꼼하게 심겨 있었다. 장소마다 콘셉트가 있었고, 나무마다 나무에 관한 정보가 세세하게 적혀 있었다. 세계 식물을 모아 체계적으로 관리하고 있다는 사실을 단박에 알아챌 수 있었다. 그런데 웬일인지 영국에서는 마음 놓고 감탄을 할 수가 없었다. '이것도 제국주의의 산물일까?', '어느 국가를 희생시켜 얻은 것은 아닐까?' 하는 경계심부터 품곤 했는데 큐식물원에서도 마찬가지였다. 설령 내가 의심하는 어떤 배경이 숨겨져 있더라도 이런 식물원을 구현해 놓은 그들의 노력은 노력대로 알아주긴 해야 할 것 같았지만 말이다.

런던과 비교하면 서울은 어떤가. 황량함을 느끼거나 불안해질 때 모든 소음을 뒤로하고 숨어들 공원이 있을까. 대개 화장실이나 건물 비상구 정도가 그런 역할을 하는 것 같다. 그런데 다행히 서울에도 조금씩 도심지 공원이 생기고 있다. 서울에는 공원 대신 산이 많지 않느냐고 물을 분도 있을지 모르겠다. 맞고, 좋은 조건이다. 하지만 산은 쉽게 접근하기 어렵고 어떤 사람들은 더 접근하기 어렵다. 이를테면 어린이, 거의 모든 장애인, 체력이 약한 어른이나 노인 등이다. 이런 분들을 생각하면 도심지 공원이 더 많이 생기는 게 좋은 방향 같다.

좋아하는 공원 중 하나가 '삼청공원'이다. 어린이도 접근하기 쉬운 아담한 크기다. 어린이들이 보호자와 함께 천천히 걸으며 시간을 보내기에 안성맞춤하다. 그래선지 '유아 숲 체험장', '삼청공원 숲속 도서관(어린이 도서관)' 등이 있다. 강아지 출입도 허용해서(일부 공간을 제외하고는), 나는 자주 강아지와 그곳을 거닌다. 나같이 걷기 싫어하는 성인도 한 바퀴 돌고 나면 성취감이 든다. 삼청공원에서 와룡공원으로 이어지는 코스를 오르다 보면 서울 시내를 한눈에 내려다볼 수 있는데 경치가 아주 근사하다. 낮에는 낮대로 좋고, 밤에는 밤대로 좋다. 풍경을 만끽한 후에 '성곽길'을 따라 내려오면 성북동을 거쳐 나올 수 있다.

또 소개하고 싶은 곳이 '용산가족공원'이다. 미군이 부지를 옮기면서 들어선 공원이다. 이렇게 넓은 곳을 공원으로 삼은 건 꽤나 큰 결단이었겠지 싶다. 공원 안에는 전쟁기념관과 국립중앙박물관이 있다. 날씨 좋은 날 찾으면 더할 나위 없이 훌륭한 경치를 볼 수 있다. 맛있는 것을 보면 좋아하는 사람들이 절로 떠오르듯이, 좋은 경치를 볼 때도 그렇다. 그 경치가 주는 위로, 환희 등을 함께 나누고 싶어진다. 마음먹고 찾아가야 하는 곳보다, 조금 더 일상에서 쉽게 숨어들 수 있는 작은 공원이 곳곳에 많이 생기면 좋겠다.

조심조심
식물 선물하기

　식물을 선물로 주고받는 일은 흔하다. 막 개업한 사무실이
나 가게 입구만 봐도 알 수 있는 일. 커다란 식물들이 굵직한
공단 리본을 매고 있는 걸 자주 볼 수 있다. 보통 리본 한쪽에
는 보낸 이가, 다른 쪽에는 응원의 메시지가 쓰여 있다. 그런
데 이 식물들이 대개 비슷한 종류니 '개업 식물'이란 카테고
리를 따로 둬도 되지 않을까 싶을 정도다.

　개업 식물로 인기가 많은 식물들엔 공통점이 있다. 관리가
쉽고, 사무실이라는 척박한 환경에서도 잘 살아남는다는 것
이다. 대표적인 개업 식물이 산세베리아다. 관리가 쉬울 뿐 아
니라 무엇보다 잎이 거의 떨어질 일이 없으니 공간을 깔끔하
게 유지할 수 있어 인기가 많다. 여담인데, 외국에서는 산세베
리아를 '뱀 식물', '세인트 조지의 칼', '시어머니의 혀' 등으로

부른다고 한다. 선물 이미지하고는 다소 거리가 있는데 아마도 생김새 때문에 그런 살벌한(?) 별명들이 붙은 게 아닐까.

고무나무도 변치 않는 베스트 개업 식물 중 하나다. 산세베리아처럼 해가 잘 드는 실내에 두면 잘 죽지 않고 관리도 쉬운 편이다. '식물은 바깥에서 커야지' 하면서 바깥에 내놓지만 않으면 된다. 고무나무는 아프리카, 남미 출신인 만큼 찬바람이 불기 전에 실내에 들여야 한다. 한겨울에 바깥에서 얼어 죽은 고무나무를 볼 때면 그 모습이 애잔해 그렇게 방치한 사람들이 원망스럽다.

금전수와 해피트리도 인기가 많다. '금', '해피'가 들어가선지 이름이 억지스럽고 이름에서 자본주의 냄새도 난다. 노골적으로 돈과 행복을 바라는 사람들의 기원이 깃들어 있다. 그 때문에 이름만으로도 환영은 받는다.

마지막으로 스투키도 빼놓을 수 없다. 이 식물은 산세베리아 일종인데, 아프리카에 서식하며 뿔 같은 잎들이 나 있다. 스투키도 관리가 매우 쉽다. 건조한 환경에서도 잘 지내고 물, 해 양이 적어도 잘 자란다. 심지어 토질이 좋지 않은 환경에서도 잘 살아간다. 사무실에 두기에 이보다 더 좋은 식물이 있을까 싶을 정도다.

식물을 선물로 주고받는 문화는 아주 좋다. 하지만 선물받은 사람이 신경 쓰지 않으면 두 계절 이상을 못 견디고 소모품처럼 버려질 수 있으니 식물은 좀 더 신중히 선물해야 한다. 식물을 선물하는 일은 매우 무모한 게임을 벌이는 것과 같다. 상대방을 잘 알고 있다면 괜찮겠지만, 그렇지 않을 경우엔 '모험'에 가깝다. 그런데도 기필코 식물을 선물해야겠다면 시간이 좀 걸리더라도 상대방에 대해 알아본 다음에 하라. 상대방이 다른 사람에게서도 식물 선물 받는 것을 본 적이 있는지, 그때 반응이 어땠는지, 좋아하는 식물이 있는지 등을 살펴보고 결정해도 좋을 것이다. 당신이 선물하려는 것은 '온전한 생명체'이기 때문이다.

식물을 선물할 때 신중, 신중을 강조하는 이유는 내 경험 탓이기도 하다. 언젠가 두근거리는 마음으로 지인에게 식물을 선물했는데, 상대방은 죽일 걱정부터 하는 게 아닌가. 그 순간 섭섭해 토라졌다. '잘 키울 생각부터 해야지.' 지금 생각해 보면 그런 내 생각은 매우 일방적이고 이기적이었다. '내가 무엇을 줬으니 너는 잘 키워야 한다'는 오만이 마음 바닥에 도사리고 있었기 때문이다. 상대방은 식물을 기를 준비가 안 돼 있을 수 있는데 내가 선물을 해 버린 것인데 말이다.

이후로 '식물은 함부로 선물하는 것이 아니다'를 마음속에 새겼다. 그리고 식물 선물을 자제하게 되었다. 선물하는 경우는, 상대방이 내가 키우는 식물 중에서 어떤 식물이 예쁘니 달라고 할 때 정도다. 그러면 '가볍게' 그 식물이 살아갈 수 있는 환경이 조성되어 있는지를 확인하고, 건강한 개체를 구해서 선물한다. 이런 경우엔 금세 죽여도 다시 선물한다.

선물을 살 때는 이것저것 따져 보는 편이다. 핸드크림 하나를 고를 때도 향과 흡수되는 정도 등을 면밀히 살피면서 구입한다. 립스틱 하나를 사도 교환권을 꼭 챙긴다. 상대방에게 최대한 선택의 기회를 주고 싶어서다. 그런데 식물은 교환도 환불도 안 되니 선물 전에 다시 말하지만 신중해져야 한다. 받는 사람도 정말 좋아할까? 정말?

식물 덕후들은 수시로 식물을 선물로 주고받을 것 같지만, 미리 이야기된 경우가 아니고서는 섣불리 그러지 않는다. 그럼 식물 덕후들끼리는 어떻게 식물을 선물할까? 먼저 SNS에서 상대방의 근황을 살핀다. (우리는 SNS에 생각보다 많은 정보를 남긴다.) 그중에 '어떤 식물이 예뻐 보였다'는 최근 글이 있다면 만사형통이다. 그렇지 않으면 어렵더라도, 직접화법을 써야 한다.

"A씨, 글로리오섬 갖고 있어요?"

글로리오섬

아니라고 하면 다행히 그것으로 쉽게 끝이 난다. 그렇지 않은 경우, 많은 식물을 물어봐야 한다. 상대방이 '아, 선물 가져오려는구나'고 간파할 때까지. 게다가 나를 만나기 전까지 선물하려는 그 식물을 사지 말라는 말도 해 둬야 하니 눈치채지 않을 수가 없다. 식물 덕후들은 마음먹으면 금방 식물을 들일 수 있기 때문이다. 이렇게 상대방이 식물 덕후면 오히려 선물하기가 더 어렵다. 한 종류만 키우는 사람도 있고, 최근 들어 어떤 종류에 심취해 있는 사람도 있을 수 있으니까.

한편 식물 덕후가 아닌 사람들이 식물 덕후들에 대해 오해하는 것들이 있다. 그중 대표적인 것이 식물 덕후니 식물을 달라고 하면 얼마든지 내어 주겠지 하고 쉽게 생각하는 것이다. 그들도 식물을 새로 사서 선물해야 하는데 말이다. 물론 번식이 잘되는 종의 경우 번식시켜 줄 순 있다. 그렇지만 초보 집사들은 번식시킨 식물을 죽일 확률이 높아서 결국 완전히 자리 잡은 건강한 개체를 구해 주는 것이 안전한 길이다. 나는 식물을 사는 것 자체에 관대한 편이라, 무지막지한 가격만 아니라면 대체로 새로 사서 분갈이를 한 후에 선물한다.

초보 집사들은 돌보는 화분 개수가 많지 않으니 식물에 온 힘을 쏟는다. 자주 들여다보고, 때마다 물을 준다. 결과는 십중팔구 과습으로 죽여 버린다. '잎이 노랗다'는 말이 나오면 이미 늦은 경우가 태반이다. 그 식물이 죽어 가는 사이에 나는 새 식물을 준비해 둔다. 결국 그 식물이 죽으면 바로 분갈이한 새 식물을 건넨다. 이런 잔소리를 덧붙이면서.

"물은 필요할 때만 주는 거야."

식물이라는 생명체를 선물할 때면 늘 두근거린다. 상대방에게 새로운 동기를 만들어 줄 수 있고, 위로와 용기를 선물하는 길이기도 해서다. 하지만 나에게 큰 위로와 기쁨을 주었다고 해서 다른 사람에게도 그러리라는 법은 없다. 주는 '마음'과 받는 '책임감'이 될 수도 있다. 일례로 '생명'의 무게가 부담스러워서 식물을 키우지 않는 지인도 있다. 그러므로 앞서 여러 번 강조했듯이 선물하기 전에 상대방을 잘 파악해야 한다.

요즘 플랜테리어가 유행하면서 새로운 방식으로 식물을 접하는 사람이 늘고 있다. 플랜테리어 영향을 받아 대형 식물을 덜컥 사는 경우도 있다. 그러고는 그 식물이 잠깐 사이에 훌쩍 크는 바람에 감당이 안 돼 중고 판매처를 통해 다시 파는 경우도 많이 보았다. 식물은 생명이다. 꾸준히 자라고, 죽기도 한다. 성장 속도 또한 저마다 다르다. 내가 들이려는 식물이 자란 후에도 집이나 사무실이란 공간에서 감당할 수 있는 것인지 고민하는 과정이 필요하다.

식물을 선물하는 것은 결코 쉬운 일이 아니다. 여러 측면에서 생각한 후 조심조심 선물하자. 그리고 잊자. 만에 하나라도 "내가 전에 준 ** 잘 살고 있어?" 하는 순간, 대화의 평화가 깨질 수 있으니까.

힐링과
물욕 사이

취미가 많았다. 현실에서 도망치기 위해서였다. 그 덕분에 일상이 지켜졌다.

한편 취미에 심취하다 보면 어느 틈에 소위 '장비 욕심'이 생긴다. 이런저런 핑계를 대며 장비를 마련하다 보면 어느 순간, 장비를 사려고 취미 생활을 하는 건지, 취미 생활을 하려고 장비를 사는 건지 헷갈리는 순간이 온다.

여느 사람들처럼 나의 가장 오랜 취미 역시 책 읽기였다. 한때는 밤새 책만 읽었다. 그런데 우울증이 심해지면서 글자를 못 읽게 되었다. 지구의 중력이 열 배쯤은 강하게 느껴지는 충격을 받았다. 그럼에도 관성대로 책은 사 모았다. 하지만 도무지 읽을 수가 없었다. 읽지도 못하는 책이 쌓여 가는 걸 본 어느 날 이런 현실에 화가 날 대로 나서 '이건 지나친 물욕이야!'며 스스로에게 호통을 친 적도 있다. 하지만 며칠이 지나면 발은 절로 서점으로 향했고, 책을 한 아름 안고 거리를 걸으면 포만감이 느껴졌다. 행복했다. 비록 글은 읽을 수 없었지만 그 행위 자체가 내겐 큰 위로가 되었다.

해외여행을 가면 취미가 많아서 더 신나게 시간을 보낼 수 있었다. 런던에 갔을 때는 한창 뜨개질에 빠져 있어 그에 관련된 것들을 실컷 구경했다. 스코틀랜드 고급 실을 만져 보고, 뜨개질할 도안도 마음껏 구경했다. 그중 몇 개는 사 왔다. 영국인데도 일본 실을 다루는 곳들이 있어 놀라기도 했다. 일본에 갔을 때는 막 바리스타에 관심을 가진 터라 장인이 운영하는 오래된 카페부터 시부야의 후미진 골목에 있는 작은 카페까지 찾아가 커피 맛을 보았다.

여러 취미를 거쳐 지금은 식물에 푹 빠져 지낸다. 물론 취미가 아니라 '양육'이지만 말이다. 식물들은 함께 사는 강아지들과 비슷하면서 전혀 다른 감정을 갖게 한다. 친한 친구 같달까. 식물들에게 힘든 일, 고민거리 등을 중얼거리거나 소리 내 말하는 것만으로도 머릿속에서 복잡한 일이 정리되곤 한다. 이것은 단순히 물건을 이용해 실력을 쌓아 가던 이전의 취미들과는 결이 다른 현상이다.

식물과 '물욕'은 어쩐지 어울리지 않지만, 하나둘 식물을 들이다 보면 생긴다. 먼저, 흙을 생각해 보자. 흙이 없으면 식물은 존재할 수 없다. 그런데 이 흙이 의외로 매우 다양하다는 것이다. 크게는 그냥 흙과 분갈이용으로 아예 배합되어 나오는 흙이 있는데 둘 다 종류가 많다. 식물마다 필요한 영양 성분과 배수 요건 등이 다르니까. 그렇다고 해서 덮어놓고 비싼 흙을 사는 것이 최선책은 아니다.

다음은 화분이다. 화분은 원체 다양해서 화분에 관한 것만 책 한 권을 써도 될 정도다. 앞서 말했듯이 나는 토분을 가장 좋아한다. 토분도 수입한 것, 국내 모 회사에서 대량 생산한 것, 직접 손으로 만든 것 등 여러 분류가 있고 그만큼 가격도 천차만별이다. 플라스틱 화분도 있다. 보통 정사각형의 반투명한 플라스틱 화분을 많이 쓰는데, 플라스틱 화분도 모양과 기능 역시 가지각색이다. 토분도, 플라스틱 화분도 제각기 장단점이 있으니, 용도에 맞게 골라 쓰면 될 것이다.

이번엔 지지대다. 어떤 식물은 자라면서 홀로 서 있기 힘든 경우가 있다. 이때 지지대를 대 주면 안정적으로 잘 자란다. 지지대는 철부터 수태봉, 코코봉, 플라스틱까지 종류가 여러 가지다. 흔히 쓰는 '수태봉'은 말린 이끼로 만든 것인데, 식물이 공중에서도 안정적으로 뿌리 내릴 수 있게 한다. 수태봉도

굵기나 길이가 다르니 필요에 맞게 선택하면 된다. 무조건 싼 제품을 덥석 구입하면 먼지만 폴폴 날리는, 마감 처리가 엉망인 제품이 도착할 수 있으니, 선택은 신중히!

또 필요한 것이 식물등이다. 식물을 둘 장소에 해가 잘 든다면 문제없겠지만, 대개의 집은 종일 해가 들어오지는 않는다. 게다가 늦가을부터는 일조량이 대폭 줄어든다. 부족한 볕을 보충해 주려고 많은 집사가 식물등을 장만한다. 대개 아침 일찍 켜고, 해가 질 때쯤 끈다. 요즘은 켜고 끄는 걸 알아서 조절해 주는 스마트 플러그를 쓰기도 한다.

위 제품들은 식물을 기르는 데 기본적으로 필요한 것들이다. 이런 것들을 살 때도 가격을 생각하지 않을 수 없다. 덮어놓고 비싼 제품이 좋은 것이 아니듯이 저렴하다고 무조건 식물에게 나쁜 것도 아니다. 합리적인 가격에 사면 될 일이다. 하지만 눈앞에서 네덜란드 흙과 독일 흙이 높은 가격을 뽐내며 멋지게 진열되어 있다면, 사람의 마음은 얄팍해서 흔들리게 마련이다. 이 지점에서 물욕이 싹트고 말이다.

가장 중요한 식물 값도 알아보자. '그래 봐야 식물인데 얼마나 하겠어'라고 코웃음을 쳤다가는 큰코다친다. 식물 종류가 아무리 다양해도 식물 보는 안목은 전 세계적으로 거의 다 비슷하다는 사실을 명심해야 한다. 그러니까 내 눈에 예뻐 보이면 남들 눈에도 그렇다는 얘기다. 자연 그런 식물은 비싸다. 수요 공급의 법칙을 따르니까. 교과서에서 배운 내용이 이렇게 얄미울 때가 없다. 그래서 내가 구하는 식물에 '희귀' 딱지가 붙어 있으면 푹, 한숨부터 쉰다. 가격도 걱정이지만, 우선 '그 식물'을 찾는 일부터가 문제니까.

물론 저렴한 식물 중에도 예쁜 것이 많다. 내가 아주 좋아하는 스킨답서스 엔조이가 대표적이다. 이 식물은 어두운 곳에서도 씩씩하게 잘 자라 가지를 풍성하게 늘어뜨린다. 길어진 가지를 잘라 선물한 적도 있다. 다니는 병원 한구석에 정원을 가꿀 때도 이 식물을 놓아두었다. 스킨답서스 엔조이는 생명력이 왕성할 뿐 아니라 값도 싸다. 몇천 원 하던 것이 얼마 뒤 십만 원을 넘기도 하는 것이 식물 시장의 세계라 언제까지나 싸리라고 장담할 수는 없지만, 적어도 한동안은 저렴할 것 같다.

지금부터는 선택하면 되는 제품들이다. 영양제와 해충제다. 영양제도 종류가 많아서 식물에 알맞게 골라 써야 한다. 보편적으로 사용할 수 있는 영양제가 있고, 특정 식물에 좋은 영양제도 있다. 자라는 데 두세 달 걸릴 것이 영양제 조금 쓰면 한 달 만에 자란다면 누구든 흔들릴 것이다. 해충제 역시 범용으로 쓰이는 것이 있지만, 특정 해충을 제거할 목적으로

애정하는 스킨답서스 엔조이

만들어진 해충제가 더 많다.

　지금 식물을 키우고 있다면 힐링과 물욕, 그 어디에 서 있는가. 만일 물욕에 더 기울어 있더라도 뭐라 할 사람은 없다. 그것 또한 개인의 자유 의지요 선택이니까. 다만, 가격과 무관하게 식물이 전해 준 행복과 위로의 느낌들은 잊지 않았으면 좋겠다. 희귀식물을 찾아 헤맬 때도, 귀한 토분을 위해 줄을 설 때도, 비싼 영양제를 결제할 때에도 충분한 기쁨을 누렸으면 좋겠다. 또한 이왕 마음먹었으니 목표한 것이 희귀해도, 구매 경쟁이 치열해도, 값이 비싸도 손에 꼭 넣기를 바란다!

로즈마리,
악연일까 식연일까

꽃집에서 흔한 식물 중 하나가 로즈마리다. 주위에서 많이 키워서 덩달아 나도 키웠고, 정말이지 많이 죽였다. 처음 산 건 열네 살 때였다. 책상에 두고 하루에도 수십 번씩 들여다봤다. 하지만 나의 지극한 애정에도 금세 잎은 시들었고, 시간이 지날수록 그 속도는 더욱더 빨라졌다. 결국 말라 죽어 시무룩했던 기억이 있다. 식물을 키우는 것에 대해, 특히 로즈마리에 대해 몰랐고, 순수한 애정은 있었지만 서툴렀던 시절이었다.

꽃집을 다시 찾아가 사장님께 어떻게 키워야 하는지 소심하게 물었다. 돌아온 대답은 "키우기 쉬워요"였고, 이때부터 나의 로즈마리 키우기 '고난'은 시작되었다. 몇 번을 비슷한 방식으로 죽이다가, 다른 식물 가게에서 로즈마리는 실외에 두고 키워야 한다는 정보를 얻었다. 그때부터 로즈마리를 바깥에 두고 키웠지만 결국엔 또 우여곡절 끝에 죽이고 말았다. 그러나 분명한 것은 이전에 비해 훨씬 오래 키웠다는 사실이다. 스스로 아주 조금 성장했다는 사실에 자신감이 생겼다.

그럼에도 나에게 로즈마리란, 남들에게는 키우기 쉽지만, 내게는 오기만 하면 죽어 나가는 너무도 어려운 존재였다. 자태가 '멋있다'는 생각을 하면서도 멈칫거리며 쉽게 들이지 못한 이유였다. 그러다 용기를 내서 크고 작은 로즈마리를 몇 번 더 들였는데, 또 연속해서 죽였다. 속상해하면서도 꾸준히 들였던 이유는 '향기' 때문이다. 로즈마리 특유의 향이 마음을 편안하게 해 주었다. 실제로 심신 안정 효과를 주는 여러 제품에 로즈마리가 다양한 방식으로 들어간다. 바람결에 로즈마리 향이 방 안으로 불어오면, 슬쩍 웃음이 나곤 했다. 그런 소소한 행복을 놓치고 싶지 않았지만, 그리 오래가지는 못했다. 또다시 로즈마리는 잎을 우수수 떨어뜨리며 죽어 갔기 때문이다. 약간이나마 식물을 보살피는 손길이 조금 성장한 것은 느꼈지만, 그럼에도 식물은 죽음을 맞이했기에 시무룩해질 수밖에 없었다.

그 후 몇 년간 로즈마리를 포기했다. 계속된 실패에 무력감까지 더해져 더는 들일 수 없었다. 로즈마리와는 진정 '악연'이라고밖에 생각할 수 없었다. 로즈마리의 천적이 되기 전에 어느 선에서 멈춰야 했다. 만약 로즈마리에게 선택권이 있다면, 나에게 오고 싶지 않았을 것이다. 다행히 다양한 식물에 관심이 많아져 로즈마리로 인한 허전함은 다른 식물들로 금세 채워졌다.

식물을 좋아하는 사람들은 '식연'이라는 말을 쓴다. 사람과 사람 사이에 인연이 있듯이 사람과 식물 사이에도 필연적인 연이 있다는 믿음이다. 처음 이 말을 들었을 때, 그 식물을 구매하려는 핑계 정도로 가볍게 생각했다. 그런데 식물을 키우면서 몇몇 신기한 경험을 했고 그제야 그 말을 이해할 수 있었다. 식연이라는 말이 아니면 설명하기 어려운 일이 있음을 인정하게 된 것이다. 구하기 힘든 식물을 생각지도 못한 경로로 구하게 되거나, 막연히 마음에 품고 있던 식물을 뜻밖의 기회로 만나게 되는 것이 그 예다. 구하기 어려워 포기했던 식물을 어느 날 쓱 선물로 들이게 되는 일도 있었다. 만나야 할 사람은 언젠가는 꼭 만나게 되는 것처럼.

독립 후 여러 번의 이사 끝에 베란다가 있는 집에 살게 됐다. 계약을 마치자마자 단골 식물 가게로 달려가 신나게 자랑을 했더니 사장님도 함께 기뻐해 주셨다. 얼마 후 사장님이 이사 기념으로 선물을 주셨는데, 바로 로즈마리였다. 아니, 여기서 다시 만나게 될 줄이야! 그 순간 나는 드디어 만나야 할 것을 만나고야 말았다는 식연을 느끼고 자못 비장해지기까지 했다.

초조한 마음을 알 리 없는 사장님과 로즈마리는 생긋 웃고 있었지만, 내 속은 한껏 타 들어갔다. 이 '인연'을 놓고 싶지 않아 로즈마리 공부를 시작했다. 간단한 검색만으로도 많은 정보를 얻을 수 있었다. 식물 키우는 과정을 재지 않고 공유하는 사람들 덕분이다. 마침내 로즈마리가 물을 무척 좋아하고 바람이 아주 잘 통하는 곳을 선호한다는 사실을 알게 되었다. 베란다에서 통풍이 가장 잘되는 곳에 로즈마리를 두고 매일 물을 줘야 한다는 뜻이다(겨울의 경우는 제외). 그리고 로즈마리, 라벤더, 바질, 민트 등의 허브 종류는 우리나라처럼 온도 차가 큰, 사계절이 뚜렷한 곳에서는 기르는 일이 사치에 가깝다는 정보도 얻었다. 1년 내내 영상의 온도를 유지하는 호주 같은 곳에서나 마당에 두고 마음 편히 키울 수 있는 것이었다. 덜컥 겁이 났다.

무던할 것 같은 식물도 '몸살'을 앓는 경우가 있다. 환경이 바뀐다든가, 뿌리가 심하게 건드려졌다든가 하는 '갑작스러운 변화' 때문인데, 이럴 때는 그늘진 곳에 며칠 쉴 시간을 주어야 한다. 선물 받은 로즈마리가 몸살을 겪지 않게 며칠간 그렇게 했고, 정성을 다해 분갈이도 해 주었다. 아끼던 화분에 심고, 베란다에서 가장 좋은 자리도 내주었다. 식물을 좋아하지만 의외로 선물로 받을 일은 별로 없는데(직접 사는 일이 압도적으로 많다), 이번처럼 선물로 받으면 가능한 한 오래 키우고 싶다는 욕심과 책임감이 생긴다.

식물도 분명 생명체라 키우다 보면 기운 같은 것이 느껴진다. 생명의 생과 사 중에서 기울기가 어디에 있는지 느껴지는 것이다. 살고자 필사적으로 노력하는 것이 느껴질 때, 나는 자연의 힘에 압도되어 저절로 고개가 숙여지고 한없이 작아진다.

선물 받은 로즈마리와 함께한 지 2년 반이 지났다. 한 달에서 두 달, 세 달에서 열 달…, 로즈마리를 키우면서 나는 식물을 어떻게 대해야 하는지 배우고 성장할 수 있었다. 식연의 로즈마리는 잎이 한껏 풍성해져 있다. 이 말은 아직 죽지 않았다는 뜻이다! 로즈마리의 성장이 드디어 실현되는 것인가?! 이 로즈마리 덕분에 식물과 호흡을 맞추며 살아가는 것이 무엇인지 배웠다. 식물이 스스로의 힘으로 생명의 사이클을 돌리고 있다는 사실도 깨달았다. 잘 자라고 있는 로즈마리가 기특하다. 그러나 이 기운이 언제 어디로 기울지는 모른다. 안심할 수 없으니 긴장을 늦춰서는 안 된다.

로즈마리와 지내 온 날들을 돌아보면 괜스레 비장해진다. 이 로즈마리는 나와 끝까지 가는 거다, 제발!

K와
홍콩야자

어릴 때 언니나 오빠가 있었으면 하고 자주 바랐다. 맏이어서 세 살 터울의 동생을 늘 돌봐야 했기 때문이다. 매일 가방을 싸 주고, 때에 맞춰 밥을 먹이고, 숙제 검사를 하고, 가정통신문을 확인했다. 정작 내 숙제, 가정통신문은 챙기지 못하면서. 나도 보살핌이 절실한 나이였기에 언제나 의지할 존재가 필요했다.

K는 중학교 2학년 때 동호회에서 만났다. 당시 부모님은 툭하면 싸웠고 그 때문에 나는 제대로 잠을 이루지 못하는 날이 많았다. 자연 몸과 마음이 지쳐 갔다. K는 나와 전혀 다른 부류의 사람 같았다. 늘 겉돌고, 어둡고, 지쳐 있던 나와는 달리 밝고, 에너지가 넘쳤으며, 그래선지 주변에 사람도 많았다.

얼마간의 시간이 지나, 나와 K는 마음속 고민을 털어놓는 사이가 되었다. K가 나보다 두 살 많아서 언니가 생긴 기분이었다. 종종 K의 집에도 놀러 갔는데 K의 부모님과 친오빠를 만나면서 그 집안 분위기를 짐작할 수 있었다. 그곳은 내가 살아온 세계와는 정반대였다. 너무 달라서인지 시기심과 질투 같은 감정도 일지 않았다. 그저 절망과 상실감만 느꼈다. 나와 전혀 다른 환경에서 살았는데도 K와는 잘 통했다. 나이가 비슷한 데서 오는 동질감 같은 게 우리를 묶어 준 건 아닐까 싶다.

나는 주택에서만 살아 아파트의 베란다라는 공간을 잘 이해하지 못했는데, 마침 K의 방에 작은 베란다가 딸려 있었다. 반은 창고, 반은 방처럼 쓰였다. 늘 창문을 반쯤 열어 뒤서 바람이 잘 불어왔다. 베란다를 본 이후 K에게 곧잘 화분을 선물했다. 매번 얼마 못 가 죽였지만 그래도 그 베란다에서 살아남을 아이를 찾는 여정은 계속되었다.

어느 날, 대형마트에서 장을 보다가 식물 코너가 새로 생긴 걸 알게 되었다. 작은 화분에 담긴 '홍콩야자'가 눈에 띄어 K에게 선물했다. 그때는 홍콩야자와 식연이 생길 줄은 상상도 못했다.

그로부터 1년 정도 지난 어느 날, K에게서 연락이 왔다. 일상에 치여 홍콩야자는 까맣게 잊고 지내던 시절이었다.

"애 제대로 된 화분에 심어야 할 것 같은데? 밑에 뿌리가 어마어마해!"

야호! 드디어 성공했다. 마침내 K의 베란다에 뿌리를 내리고 살아갈 아이를 찾은 것이다. K의 집으로 달려가 적당한 크기의 화분을 골라 분갈이를 해 주었다. 그런 후 다시 나는 일상으로 돌아왔다.

그런데 문제는 K 또한 베란다에서 식물이 살아가고 있다는 사실을 잊고 지냈다는 것이다. 후에 K 말로는 가끔(정말 가끔) 베란다에 갈 일이 있을 때에나 물을 듬뿍 주고 말았단다. 그런데 척박한 환경에서 홍콩야자는 살아 냈다. 홍콩야자 자체가 원체 생명력이 강하긴 하지만, K도 운이 좋았다.

그로부터 또 3년이 흘렀고 홍콩야자는 또 화분 밖으로 뿌리를 내밀었다. 정말 K에게 보란 듯이 의기양양 무성하게 자랐다. K는 내게 이번에는 멀리까지 올 필요 없다며, 자기가 분갈이를 해 보겠다고 했다. 통화로 분갈이 도구와 과정을 알려 달라기에, 불안한 마음에 아주 자세히 설명해 줬다. 분갈이를 마친 후 K가 사진을 보내왔다. 아이코, 어처구니가 없었다. 홍콩야자가 너무 큰 화분에 심겨 있었기 때문이다. 적당한 크기보다 열 단계는 건너뛴 것 같은 크기였다. K에게 "왜

홍콩야자

그렇게 큰 데 심었어?" 하고 물었더니 "어차피 클 테니까"라며 되레 뿌듯해했다. 이제 막 자라기 시작한 한 줌 정도 되는 홍콩야자를 그렇게 큰 데 심다니! 나는 나무랐지만, K는 이미 할 일을 다 했다는 태도였다. 그 고집을 어찌 당해 낼꼬. 그 후 또 몇 년이 지나갔다.

2015년에 홍콩에 갈 일이 있었다. 홍콩 거리를 걷는데 익숙한 식물이 화단에 있었다. 바로 홍콩야자! 심지어 줄지어 있었다. 홍콩의 조경에 홍콩야자가 활용되고 있다는 점이 당연한 이야기 같은데, 막상 길에서 마주하니 신기하고 재밌기도 했다. 문득 K의 홍콩야자가 떠올랐고 '죽었겠지…' 하는 마음으로 연락해 봤다. K도 "죽었을 거야" 하다가 놀라는 소리가 들렸다. 홍콩야자는 살아 있었고, 심지어 그 큰 화분을 채우겠다는 심산으로 커져 있었다. K와 나는 동시에 놀랐다(K는 대체 왜 놀라지?). 홍콩야자가 기특하기까지 했다.

무려 8년! 그 흔한 영양제도 놓아 주지 않았는데 용케 잘 자라고 있었던 것이다. 가끔 주는 물과 제 몸집에 비해 너무 큰 화분 등 척박한 조건에서도 홍콩야자는 튼튼하게 자라났다. 도톰히 목질화까지 이루면서.

이후에 나는 무늬 홍콩야자라기엔 너무 무늬가 없는, 다른 홍콩야자를 한 그루 들였다. 이 식물은 해와 관심과 영양을 흠뻑 받아 공작새의 날개처럼 화려하게 펼치며 자라났다. 그에 비해 8년을 스스로 버틴 홍콩야자는 키도 작고 잎도 화려하지는 않았지만 나무로 튼튼히 자랐고 똑 부러지게 생겼다. 보통 식물에게 잘 커 달라고 매달리게 되는데, 이 홍콩야자는 크게 병충해에 시달리지 않으면서 알아서 잘 큰 경우이다. 정말 흔치 않다. 다시 통화했을 때 K는 '이 나무가 나와 인연이 있구나' 하는 생각이 들어 이후로는 잘 챙겼다고 한다. 그랬더니 되레 잘 자라지 않는 기분이 든다고, 뭔가 억울하다는 듯이 말했다.

2018년 5월부터 K는 나와 함께 살고 있다. 이제 공공연한 언니이자 가족이 되었다. 어릴 적의 막연한 바람이 이루어진 셈이다. K와 더불어 우리 집으로 이사 온 홍콩야자는 나이가 무려 열한 살이 넘었지만, 아직도 꾸준히 튼튼하게 잘 자라고 있다. 알맞은 크기의 화분에서 영양제도 먹고, 바람도 잘 쐬고, 관심도 받으면서 베란다를 드나드는 수많은 식물을 바라보고 있다.

나의 물꽂이,
정신병원

어릴 때부터 물을 끔찍이 싫어했다고 한다. 이유를 설명해
준 어른이 없어서 왜 그렇게 되었는지는 모른다. 물을 가까이
할 기회가 없어서였을까. 바다 같은 곳으로 피서 간 기억이
없으니까. 고등학생이 되어서야 친구들과 여름 바다를 보러
갈 일이 생겼다. 바다에 발을 담글까 말까 고민하는 나를 친
구들이 어지간히 놀리며 부추겼던 기억이 난다. 발가락 사이
를 물과 모래가 간질이는 느낌이 생경했다.

어릴 때 수영장에는 딱 한 번 갔다. 하필 일행이 또래 남자
애들이었다. 2차 성징이 좀 빨랐던 나는 막 가슴이 나와 그저
부끄러웠다. 미처 신체 변화를 받아들이기도 전에 낯설기만
한 수영복을 입고 남들 앞에 서자니 여간 불편한 게 아니었
다. 남자애들과 어울리는 것도 내키지 않고, 선생님이 수영을

가르쳐 주는 것도 아니어서, 홀로 물장구를 치며 있었다. 당연히 수영장은 재미없는 곳이 되었고, 이후엔 수영장 근처에도 가지 않았다.

수영장은 아주 우연한 기회에 다시 가게 되었다. 독립하기 전, 집이 싫어서 주말이면 친구 둘과 호텔을 찾던 때였다. 한날은 기분 좀 내자며 제법 좋은 곳을 찾아갔다. 수영장 시설이 잘돼 있다고 소문난 곳이어서 한 친구는 수영복을 챙겨 왔다. 그런데 내게 가르쳐 주려고 한 벌을 더 챙겨 온 것이다. 반은 억지로, 반은 호기심으로 수영장을 찾았다.

수영장은 생각보다 레인이 짧고 아담했다. 사람도 없었다. 우리를 제외하면 성인 두 명, 어린이 한 명이 전부였다. 친구는 내가 겁먹을까 봐 킥판을 여러 개 안겼다. 그리고 대망의 레슨이 시작되었다. 그렇게 짧게 끝날지도 모르고, 엄청나게 긴장을 했다. 친구는 아주 어린아이 때부터 수영을 익혀서 수영이 자연스레 몸에 배어 있었다. 그 때문에 나처럼 이제 막 시작하는 사람에게 어떤 근육을 어떤 방식으로 써야 하는지 전혀 알려 줄 수 없었다. 고개가 몇 차례 물에 처박혔고, 수영 강사가 따로 있는 이유를 절실히 깨닫고 나서야 나는 바깥으로 꺼내 달라고 외쳤다.

그런데 문제는 하나 더 있었다. 물속에서 고군분투할 때부터 누군가 나를 쳐다보는 시선이 계속 느껴졌다. 성인 1이었다. 처음에는 '내가 괜히 의식하는 거겠지' 하며 애써 무시했다. 그런데 수영이고 뭐고 다 포기하고 물 밖으로 나왔을 때도 그 시선이 따라왔다. 나도 더는 가만히 있을 수 없어 분노 어린 눈으로 그를 쏘아봤다. 중년 남성이었다. 그런데도 그는 혼탁한 눈알로 내 몸을 계속 위아래로 훑었다. 굉장한 모멸감과 수치심이 느껴졌다. 그는 내가 수치심을 느끼는 것마저 즐기려는 양 시선을 거둘 생각을 안 했는데, 그런 상황에서 나는 달리 어찌할 방도를 찾지 못했다. 인간이 되지 못한 존재의 수작에 결국 모든 걸 포기하고 룸으로 돌아왔다. 이 일의 여파로 지금도 물과 관련해서는 불쾌감과 수치심 말고는 떠오르는 게 없다.

시간이 흘러 식물과 생활하며 지내던 어느 날, 아끼던 몬스테라의 뿌리가 녹으며 생기를 잃어 갔다. 어떻게든 살리고 싶었다. 당시 나는 그런 상태의 식물을 살려 낼 방법을 알지 못했다. 황망했다. 아무것도 모를 땐 무식하게 들이미는 수밖에 없다. 단골 식물 가게로 달려갔다. 사장님은 허무할 정도로 간단한 처방전을 주셨다.

"무른 곳은 자르고, 물에 담가서 뿌리를 다시 받으세요."

"아, 네~" 하고 웃으며 나오긴 했지만, '잘라서? 물에 담가?' 그걸 내가 해낼 수 있을지 도무지 자신이 없었다. 인터넷에서 검색해 보니 이런 것을 '물꽂이'라고 했다. 물꽂이 과정은 이렇다. 1. 멸균 상태의 도구로 식물의 물컹하게 상한 부위를 단시간에 잘라 준다. 2. 깨끗한 수돗물에 남아 있는 식물 아랫부분을 담가 둔다. 물은 되도록이면 2, 3일에 한 번은 갈아 줘 (계절에 따라 다르다) 탁해지지 않게 유지한다. 3. 물에는 뿌리가 잘 나오도록 유도하는 보조제들을 넣는다.

물론 물꽂이는 식물을 번식시킬 때도 이용할 수 있다. 가지를 가위로 잘라 바로 흙에 꽂아도 뿌리가 나는 식물이라면 그 방법을 쓰면 되고, 물에서 뿌리가 생성되는 식물이라면 물꽂이 방법을 써서 길렀다가 흙으로 옮겨 심으면 된다. 너무 커진 개체를 나눌 때도 물꽂이 방법을 쓰곤 한다. 이 방식으로 생긴 '꼬마 식물'들을 주변 사람들에게 나누어 준 적이 있다.

몬스테라를 시작으로 해서 물꽂이에 익숙해졌을 무렵 문득 정신을 차리고 보니 '물꼬존(물꽂이 지역)'이 형성돼 있는 게 아닌가. 식물을 번식시키거나 회복시키는, 마치 식물의 병원과도 같은 장소가 마련돼 있었다. 그곳에선 뿌리가 손상되

었거나 번식의 가능성이 있는 가지치기한 식물이 새로 태어났다.

물은 생명을 앗아 가기도, 태어나게도 한다. 식물은 흙에 심겨 있을 때는 물을 너무 주면 과습으로 죽어 버리지만, 흙에서 꺼내 물에 담가 두면 언제 그랬냐는 듯이 살아난다. 물은 식물이 다시 살아나게 기다려 준다.

나란 인간이 다시 자라게 된 것은, 정신병원에 다니면서부터였다. 아주 어릴 때부터 지금까지 나의 거의 모든 에너지는 참고 견디는 데 쓰였다. 많은 사건을 참고 버티는 힘 하나로 이겨 내야 했다. 미련했다. 그 방식이 오랜 시간에 걸쳐 마음에 미세한 균열을 냈다는 걸 알지 못했다. 결국 댐이 터지듯이 우르르 나는 무너져 내렸다. 그즈음 정신의학과를 찾았다. 그것이 살면서 내가 가장 잘한 일이라고 지금도 생각한다.

물꽂이가 식물이 다시 살아 낼 기회를 주듯이 나에게는 정신의학과에서의 치료가 그랬다. 운이 좋게도 나에게 맞는 병원을 찾아 안정적인 치료를 받을 수 있었다. 냉철하게 나를 돌아볼 기회를 얻었고, 동시에 나를 안쓰럽게 바라보는 자세도 갖게 되었다.

나는 내 편이 아니었다. 삶의 에너지 대부분을 남을 이해하는 데 소모시켰다. 참고 견디는 데 그만큼 좋은 구실이 없었기 때문이다. '이유가 있겠지'라고 애써 생각했기 때문에, 자연스레 나는 내 편일 수가 없었다. 오히려 스스로에게 더 매몰찼다. 내가 정작 내 편이 아니라는 사실을 치료를 받으면서 알았다. 진일보한 성과였다.

균열을 감지할 수 있어야 한다. 그 균열이 점점 더 벌어져 아차, 하는 순간이 오면 그때는 너무 늦어 버린 것이다. 남을 이해하려고, 집단생활을 위해, 예절을 위해 사람들은 많은 교육을 받는다. 참고, 남을 최대한 이해하라고 배운다. 그것이 무조건 올바르기만 한 방법은 아니다. 마음에 생긴 균열을 예민하게 감지할 수 있는 능력을 키워야 한다. 그리고 그 균열을 건강한 방법으로 치유할 수 있는 방법도 알아야 한다. 마음이 위험한 상황에 처했을 때 안전하게 치료받고 보호받을 수 있는 곳을 하나쯤은 알아 두어야 한다. 자각한 상처는 머지않아 아문다. 이런 경험이 반복되면 상처를 입었을 때 이전보다는 쉽게 상처를 치유할 수 있다.

돌이켜 보면, 식물의 물꽂이 조건은 정말 간단하다. 살려낼 식물과 물병, 물만 있으면 된다. 그런 후 천천히 식물이 살아날 날을 기다리면 된다. 그러면 언제 그랬냐는 듯 회복된 식물을 볼 수 있다. 사람도 이런 과정을 거쳐 치유되지 않을까. 뭉그러진 마음을 알아채고, 치료 방법을 전문적으로 고민해 주는 사람과 함께 깨끗이 그 상처를 잘라 내고 필요한 조치를 한 후, 가만히 나에게 회복할 시간을 주는 것이다.

반려 동물과 식물이
함께 살 때

나는 강아지 두 마리와 최근 세어 본 적은 없지만 어림잡아 3백 본이 넘는 식물과 살고 있다. 이 생명체들을 책임져야 하고, 이들의 건강과 안위는 나의 가장 큰 과제이다.

강아지 이름은 '하루'와 '생강'이다. 하루는 스피츠이고 암컷이다. 생김새가 여우같은데 행동도 그래서 사람을 홀린다. 생강은 요크셔테리어이고 수컷이다. 다부진 체격에 용맹해서 집 안의 경찰 노릇을 한다. 식물들 소개는 생략하겠다. 모두 설명할 수 없거니와 이 책이 나올 무렵엔 더 늘어나 있을 테니까.

동물과 식물이 어우러져 산다니 더할 나위 없는 자연 친화적인 풍경이겠구나 하고 흐뭇해할 수 있겠지만, 그 평화로운 풍경을 유지하려면 반려 동물에게 해로운 식물들이 있다는

하루와 생강

사실도 알고 있어야 한다. 이를테면 고무나무의 경우 억지로 잎을 떼어 내면 하얀 진액이 나오는데 이 진액은 사람뿐 아니라 강아지들에게도 심각한 알레르기를 유발할 수 있다. 이 때문에 나는 고무나무 일종인 피커스를 만약을 대비해 베란다에서 키우고 있다. 또 튤립을 비롯한 백합과에 해당하는 식물은 향기만으로도 강아지, 고양이의 건강을 해칠 수 있다. 부추, 비비추 등 백합과 식물은 4천여 종에 달한다. 그중 하나인 초코리프의 경우 독화살에 바르던 풀이라니 특히 조심해야 한다.

고양이는 잘 알려져 있듯이 그루밍을 해서 자기 몸을 청결하게 단장한다. 이것은 강아지에게는 묻거나 먹으면 위험한 식물이 고양이에게는 한 공간에 있는 것만으로도 위험이 될 수 있다는 얘기다. 예를 들어 튤립을 키울 경우 튤립의 꽃술이 고양이 털에 내려앉고 고양이는 그루밍을 하면서 그것을 '섭취'하게 되는 것이다. 특히 고양이와 같이 두면 안 되는 식물이 유칼립투스와 백합과 식물이다.

고양이는 점프력이 뛰어나기 때문에 식물을 높은 곳에 올려 둔다고 해서 안전하지 않다는 사실도 기억해 두면 좋겠다. 어떤 식물을 들일지 자신이 없다면 수의사에게 물어보는 것도 한 방법이다. 시원찮은 대답이 돌아온다면 그 식물에 대해 적극 검색해 보기를 권한다. 생명과 직결되는 문제이니, 조금 예민하고 보수적으로 생각하는 편이 좋다.

고양이는 반복해서 흔들리는 것에 흥미를 갖기 때문에 식물의 큰 잎을 가지고 노는 경우도 있다. 고양이가 그 잎을 장난감으로 삼기 전에 그 식물에서 진액이 나오는지 살펴보자. 뒤늦게 발견해서 못 가지고 놀게 하면 고양이로서는 큰 장난감을 빼앗기는 격이니 '격분'할지도 모르겠다.

나는 동물의 집사가 되고부터는 식물 살충제를 비롯해서 안전하다고 홍보하는 살충제까지 모든 살충제를 경계한다. 꼭 써야 할 경우엔 극도로 제한해서 쓴다. 우리에게 어떤 영향을 끼칠지 확신할 수 없기 때문이다. 과학자들이 이 문제에 관심을 갖고 연구를 시작한 지 오래되지 않았고, 신뢰할 만한 자료도 충분하지 않다. 그렇다면 집사들이 할 수 있는 일은 '보수적인 선택'이다. 어떤 선택을 보류하거나, 하지 않는 것이다. 그것이 설령 당장 불편을 초래할지라도 위험보다는 불편을 선택하는 편이 더 낫다.

이전에 순하다는 식물 살충제를 쓴 적이 있는데, 몇몇 국가에서 안전성 문제로 판매를 금지했다. 그 소식을 듣자마자 바로 사용을 멈췄다. 꼭 써야 할 경우엔 동물과 격리된 곳에서

만 쓴다. 이제는 식물에 벌레가 생기면 가능한 한 손으로 잡거나, 물로 샤워시키거나, 잎을 잘라 낸다. 물론 애초에 생기지 않게 잦은 환기 등 예방에 애를 쓴다.

살충제를 마음껏 쓰고 싶은 유혹을 느끼지 않는 것은 아니다. 열심히 키워 놓은 잎에 해결하기 어려운 해충이 붙을 경우, 사실 전용 살충제를 바르면 대부분 며칠 안으로 사라진다. 이 간단한 해법을 두고 멀리 돌아가기로 한 것이 나로서는 쉽지 않은 결단이었다.

얼마 전, 지인 I의 강아지가 무지개별로 갔다. 오랜 투병 기간을 씩씩하게 버텨 준 아이였다. 아무리 마음의 준비를 해도 소중한 존재를 잃은 슬픔은 덜해지지 않는다. 반려 동물을 하늘로 보내 본 사람들은 안다. 평생, 결코 잊을 수 없는 존재가 가슴속에 새겨진다는 것을. 나 또한 반려견을 떠나보낸 경험이 있기에 I의 슬픔에 함께할 수 있었다.

일상으로 돌아가기엔 너무 큰 슬픔을 겪었지만, 현실은 I에게 충분히 애도할 시간을 주지 않았다. 그녀는 매우 고통스러워했고, 어떤 식으로든 이겨 내고자 했다. 그러던 어느날, 식물에 별 관심이 없던 그녀가 식물 가게에 따라 들어왔다. 차분히 가게를 둘러보고는 뭔가를 발견한 듯 터벅터벅

걸어가 멋지게 생긴 알로에 하나를 집어 드는 게 아닌가. I는 그 알로에 화분에 '딴지'라는 강아지 이름과 딴지가 하늘로 간 날짜를 기록해 둬 되는 데까지 키워 보겠다고 했다. '알로에는 수명이 얼마나 됐지? 내가 알로에를 잘 키운 적이 있었나?' 하고 물음이 걱정으로 번져 갈 즈음 이미 알로에는 포장되고 있었다.

이런 식의 동물과 식물의 결합이 있을 수 있다니, 상상도 못한 일이었다. 물론 그녀의 가슴에는 영원히 딴지가 존재하겠지만, 딴지를 잃은 슬픔을 극복해 가는 과정을 지켜보는 입장에서는 참으로 건강한 방법을 찾았다는 생각이 절로 들었다. 인생에서 큰 좌절을 겪었을 때 술로 도피하는 등 생활을 망치지 않으면서 자신만의 방법으로 추모하고 견뎌 가는 것 아닌가. 식물이 I의 마음에 위로를 안겨 줘서 다행이라 생각했다. 부디 내가 식물에게서 받아 온 수많은 위로를 그녀도 충분히 느낄 수 있기를.

식물과 동물은 모두 사람의 손길이 필요한 생명체이다. 밥과 물, 기분과 피부 상태부터, 빛과 흙, 잎사귀가 타들어 가는 것까지 모두 다 간섭하고 왜 그런지 궁리해야 한다. 그들을 내 곁에 두기로 한 이상, 정성을 다하고 싶다. 그 정성에는 '공존을 도모하는 노력'도 포함되어 있다. 동물과 식물이 서로에게 위협적인 적이 될 수 있다는 생각은 해 본 적이 있지만, 지금처럼 많은 식물과 동물이 공존하며 살리라고는 상상하지 못했다. 요즘 우리 집은 식물과 동물이 자연스레 어우러져 사는 '정글' 같다.

나는 반려견과 식물들을 돌보면서 완전한 행복을 느낀다. 강아지에게 밥과 약을 챙겨 주고, 물그릇에 물도 채워 놓는다. 둘은 신이 나서 단박에 고개를 숙이고 밥과 물을 먹는다. 둘의 정서적인 허기도 채워 주려 애쓴다. 식물들도 돌본다. 비록 수동적인 존재일지라도 식물들도 들여다보면 요구하는 것이 많다. 영양제를 챙겨 주면 좋을 시기도 있고, 성장해서 화분 밖으로 뿌리가 뻗어 나오면 화분도 바꿔 줘야 한다. 물을 챙겨 주면 "뽀로록" 소리를 내며 흡수한다. 겉으로는 내가 일방적으로 가꾸고 돌보는 것 같지만, 그들은 한순간에 무너지는 내 마음이 언제나 건강할 수 있게 강력한 버팀목이 되어 준다. 마음 깊은 곳, 그 누구에게도 쉽게 끄집어내기 어려운 마음속을 다독여 준다. 마치 내가 그들을 선택한 것이 아니라 그들이 나를 찾아온 것만 같다.

식물이 만들어 내는
세계

그저 식물이 좋았다. 혼자 식물을 돌볼 때도 충분히 행복했다. 식물을 하나둘 들일 때마다 가슴이 설렜고, 새 식물이 집에 잘 적응하기를 바라며 매일 들여다봤다. 새 이파리라도 하나 틔우면 종일 기분이 좋았다. 모든 식물이 완벽히 아름다웠다. 사람을 피하고자 도망쳐 들어온 식물 세계는 늘 평화롭고 평온했다.

그러나 그 세계에도 당연히 사람은 있었고, 식물을 통해 다시 사람들과 만나면서 또 다른 세계가 펼쳐졌다. 걱정과는 달리 전혀 다른 세상이었다. 실제 도움이 되는 유익한 정보도 얻을 수 있었고, 다른 집 식물들을 잔뜩 구경할 기회도 생겼다. 그 과정에서 여느 시장에서는 보기 힘든 식물들도 알게 되었다.

그 세계는 '이파리 하나라도 틔우면 기뻐서 방방 뜨는' 나 같은 사람들이 가득한 곳이었다. 불현듯 그런 존재들이 반갑고 그들에게서 동질감도 느꼈다. 관심사가 같다는 건 인간관계를 맺는 데 무척 좋은 매개체였다.

여느 날처럼 인터넷으로 식물들을 검색하는데 한 식물이 눈에 들어왔다. 초코리프였다. 얇은 가지에 짙은 초콜릿색이 도는 둥근 삼각형 모양의 잎을 가진 식물이었다. 당시에는 시장에는 없다시피 한 식물이라 개인이 삽목(꺾꽂이)을 해서 약간의 사례를 받거나 돈을 받지 않고 나눠 주는 정도였다. 그 귀한 초코리프를 잘라 뿌리를 내려 나눠 주는 무욕의 사람은 많지 않았다.

그런데 역시 인생은 타이밍이다. G님이 SNS에 초코리프를 나눔 하겠다는 글을 올린 것이다! 태어나 가장 빠른 속도로 "저요, 저요!"를 외쳤다. 조급한 마음에 가능한 한 빨리 만날 날을 잡았고, 두근거리는 마음으로 식물 친구를 만나러 갔다. 첫 데이트를 하러 나가는 심정이랄까. 마침내 G를 만났고, 그의 손에 놓인 아름다운 초코리프를 보았다!

우리는 식물과 토분을 함께 파는, 카페와 레스토랑을 겸하는 곳에서 만났다. 커피라도 대접하겠다고 내가 먼저 말했어야 하는데, G의 손에 놓인 초코리프에 혼이 빼앗겨 타이밍을 놓쳐 버렸다. G가 건네는 커피를 받아들고서야 이 무슨 염치 없는 행동이란 말이냐며 스스로를 질타했다.

정신을 부여잡고 대화를 이어 갔다. 이런저런 얘기를 나누다 움벨라타 고무나무로 화제가 넘어갔다. 마침 카페에 움벨라타가 잔뜩 있었다. 들어만 봤지, 어떻게 생겼는지 전혀 몰랐던 나는 G에게서 움벨라타에 대한 많은 정보를 얻었다. 들이고 싶은 마음이 굴뚝같았다. 어느새 우리 대화는 외목대 움벨라타로 집중되었다. 결국 '예쁜 움벨라타 고무나무를 들여서 외목대로 크고 웅장하게 키우리라'로 마무리되었다. 좋아하는 것이 같은 사람과 좋아하는 것들에 대해 이야기 나누는 것은 완전한 행복의 순간 그 자체다.

집에 돌아오자마자 움벨라타 고무나무에 관해 찾아봤다. 깐깐하게 검색하고 시장에서 발품도 팔아서 마침내 한 그루를 들였다. 결과는 성공적이었다. 외목대로 웅장하게 자랐다. 다만, 너무 웅장했다. 우리 집에서 가장 큰 '나무'가 되었다. 이사라도 가야 하면 어떻게 해야 하나 걱정될 정도였다. 작은 편이 아닌 내 키를 훌쩍 넘어섰다.

식물을 좋아하는 사람들과의 인연은 보통 인터넷 커뮤니

티에서 이루어진다. 키우는 식물이 많이 자라면, 뿌리를 나누는 등의 방법으로 번식시켜서 주변인들에게 선물하는 것이 자연스러운 곳이었다. '내가 키우다가 번식을 시켰는데, 누구 필요하신 분?'에 '저요!' 하면서 인연이 맺어진다. 누군가 나를 믿고 선의로 식물을 보내 준다는 것은 정말 신기한 경험이었다. 나는 나의 실명과 연락처, 주소를 알려 줘야 하고, 상대방에게 약간의 성의 표시를 하려면 상대방도 자신의 계좌번호를 알려 줘야 한다. 정말이지 서로에 대한 신뢰나 선의가 아니면 섣불리 할 수 있는 행위가 아니다.

시간이 지나 나도 번식시킨 식물들이 생겨나면서 주변에 나누어 주게 되었다. 직접 해 보니 그리 간단한 일이 아니었다. 특히 포장에 신경을 많이 써야 했다. 식물은 유리도, 물건도, 그렇다고 해서 음식도 아닌데 모양이 다치면 안 되는, 요령 있게 포장해야 하는 존재였다. 진정 나누고자 하는 깊은 선의가 아니면 할 수 없는 일이었던 것이다. 심지어 앞서 언급한 G처럼 시간을 내서 식물을 건네기란 보통 상냥한 마음이 아니고선 실천하기 어려운 일임을 알았다. 식물 덕분에 여러 사람을 만나면서 나는 익명의 사람들에 대한 막연한 거부감을 일부 신뢰로 바꿀 수 있었다.

식물 가게 사장님과 맺은 인연도 빼놓을 수 없다. 정신병원에 가는 날엔 상담 중에 기억하고 싶지 않은 순간을 끄집어내기도 해야 해서 멀미가 날 만큼 엉망진창이 되어 버린다. 그런 날엔 집으로 가던 길을 조금 틀어 좋아하는 식물 가게에 들른다. 마음의 아지트 같은 공간이다. 특별한 날씨가 아니라면 입구부터 초록초록한 곳이다. 나의 입 꼬리는 가게가 보이는 지점부터 실룩인다. 가게에 들어서면 이전 일을 잊고 바로 식물에 빠져든다. 한참 바라보는 것만으로도 충분히 마음이 평화로워진다.

그다음엔 함께 살아가고픈 식물들이 있는지 둘러본다. 고른 식물이 통장 사정과 거리가 먼 가격일 때도 있다. 여하튼 식물과 그 식물을 심을 화분을 골라 놓고는 본격적으로 수다를 떨기 시작한다. 근황부터 시작해서 근래에 썼던 비료 이야기, 화분 이야기, 희귀식물 이야기, 강아지 이야기 등등 대화소재는 끝없이 나오고 수다는 어디로 흘러갈지 모른다. 목이 칼칼해지도록 웃고 떠들고 나면 이제 그만 질척여야겠다는 생각이 든다. 못내 아쉬운 투로 인사를 하고 나오면 발걸음이 가벼워진 것을 느낀다. 식물과 더불어 사람에게 치유받은 순간일지 모른다. 아니 분명 그렇다.

물론 좋은 인연만 있는 것은 아니다. 예를 들어, SNS에 내 식물을 자랑하려고 올렸을 때 일면식도 없는 사람이 대뜸 '그 식물 어디에서 살 수 있냐'고 하거나 '나에게 팔아라'는 등의 무례를 범하기도 한다. 또 어떤 이는 '번식시켜서 나에게 줄 수 없겠냐'는 강요를 한다. 이런 사람들에겐 한 번도 응답한 적이 없다. 식물 좋아하는 사람들의 선의를 이렇게 쉽게 생각하고 이용하려는 사람들은 매우 위험해 보인다.

그럼에도 나는 식물을 통해 만나는 사람들이 여전히 좋다. 한 번은 이런 분들과 식물 그림 전시회를 갔다. 코로나 사태가 터지기 전이었다. 그림을 전혀 볼 줄 모르던 내게 H님이 짧게 감상 소감을 말했다. 난 H의 시각이 정말 신기했고 인상 깊었다. 그래서 귀찮을 정도로 그녀를 따라다니며 그림에 대해 묻고 들었다. 그녀는 상냥하게 이것저것 자세히 설명해 주었고 그저 자신의 의견이니 너무 마음에 두지 말고 자유롭게 보라는 다정한 조언도 잊지 않았다.

그날 말이 잘 통해 나는 사는 곳이 좀 먼 데도 그녀와 계속 만남을 이어 갔다. 지난날 나는 일방적으로 앞서가거나 너무 과도하게 애정을 쏟아 관계를 망치곤 했다. 이번에는 적당히 거리를 유지하며 건강하게 관계를 지켜 나가고 있다.

식물 덕분에 만난 사람 중에 E님도 빼놓을 수 없다. 처음엔 인터넷에서 서먹하게 인사를 나누던 사이였다. 그러다 우연히 한 번 짧게 만날 기회가 있었고, 그때 좋은 인상을 받아 그녀가 사는 창원까지 내려가게 되었다. 만나기로 한 날, 초코리프를 받으러 갈 때처럼 걱정도 되고 떨리기도 했다.

E는 세심한 성격이었다. 도착 시간에 맞춰 역 앞에 마중 나와 있었다. E는 나를 태우고 창원의 식물 카페, 신기한 식물가게 등을 소개해 주었다. 그리고 무엇보다 궁금했던 자신의 집에도 초대해 주었다. E는 많은 식물을 기르고 있었고 나는 그 식물들이 무척 보고 싶었다. E는 집 곳곳에서 식물들을 꺼내어 소개해 주었다. 얘기를 나누다 보니 금세 마음이 편해졌고 그녀의 "자고 가!"라는 말을 듣기 무섭게 냉큼 그러마고 했다.

그밤 나는 집주인을 식물이 가득한 거실로 내쫓고는 침실을 차지했다. 그리고 푹 잠들었다. 다음 날 아침, 막 갈아 내린 커피 향에 깨어났고 정말이지 뻔뻔하게 커피에 아침까지 든든히 얻어먹고 나왔다(나도 내가 이렇게까지 뻔뻔한 줄 몰랐다). E는 창원에 집이 생겼다 생각하고 언제든 오라고 했다. 그 말을 진심으로 새기며 서울로 돌아왔다.

나는 건강한 인간관계를 맺는 데 서툴렀고, 타인을 어떤 식으로 이해하고 대해야 할지 성인이 되고 나서야 배우기 시작했다. 뒤늦었지만, 식물을 통해 많은 사람을 만났고 여전히 그들을 통해 건강한 관계란 무엇인지에 대해 배워 나가고 있다. 정해진 '적당한 때'란 없다. 시작하는 지금이 내 인생의 가장 적당한 때이다. 내게 결핍된 것을 알아차리고 그것을 채우기 위해 무언가 배우는 과정이 삶을 꾸려 가는 것임을 식물 그리고 사람을 통해 깨닫고 있다.

무늬 종
유행에 대해

날씨가 심상치 않다. 이제는 사계절 외에 다른 날씨 이름이 더 있어야 하나 싶을 정도로 엉뚱한 계절이 왔다 갔다 한다. 이를테면 초여름에 가을 같은 날씨가 반짝 찾아오기도 한다. 사람도 이런 변화에 놀라는데 식물이라고 그렇지 않을까. 그런데도 식물은 스스로 제자리를 찾아 풍성하게 자라 간다.

식물들은 매일매일 다르다. 흔들릴지언정 부러지지 않는 멋진 유칼립투스부터 물과 볕을 무척 좋아하는 올리브나무, 노지가 딱 자기 자리라고 여기는 로즈마리까지 식물들은 볼 때마다 달라져 있다. 베란다 바깥 자리에서 잘 자라고 있는 식물들을 볼 때는, 거의 빈손으로 집을 나와 베란다가 있는 지금 집에 살게 되기까지 나의 지난날이 스쳐 가 어깨를 으쓱 한다.

이외에도 베란다에는 각종 다육식물과 마음껏 자라라고 둔 소철, 바로크 벤자민 등이 있다. 식물용으로 구입한 튼튼한 선반에 식물들을 퍼즐 맞추듯 놓아두었다. 물론 빛이 조금 덜 필요한 식물, 더 필요한 식물로 배열했다. 빛이 중요한 기준이었다. 다른 요소는 고려하지 않았다. 일부러 딱 떨어지게 구역을 설정해 두지 않아서 아침에 물을 줄 때면 베란다를 한 바퀴 천천히 다 돌아봐야 한다. 물을 주다 보면 한 시간이 금방 간다. 한 시간이 뭔가. 자세히 살피다 보면 여름엔 두세 시간이 후딱 지나간다.

나는 흙, 물, 식물등을 세심하게 맞춰 식물을 키우는 부지런한 집사가 아니다. 오히려 반대에 더 가깝다. 일단 부지런하지 못하고 덤벙거려서 물 줄 곳을 지나칠 때가 많다. 게다가 조금 둔한 편이라 예민하게 다뤄야 하는 식물을 어려워한다. 물을 넘치거나 모자라게 줘서 죽이는 일도 잦다. 어쩌면 게으르기보다는 아직 초보티를 벗지 못해서일 수도 있겠다.

식물 중에는 해를 온화하게 예민한 위치에서 받아야 하는 '무늬'가 들어간 것들이 있다. 무늬 몬스테라, 무늬 싱고니움, 무늬 아단소니, 무늬 바로크 벤자민 등이 그 예다. 무늬 종에는 몇십 만 원 혹은 수백만 원을 넘는 것들도 있다. 무늬가 있다는 것은 보통, 초록 잎에 희거나 노란 무늬가 들어가 있는 것을 말한다. 예를 들어 평범한 몬스테라는 하트 모양의 큰 잎사귀에 구멍이 송송 나 있는데, 무늬 몬스테라는 이런 잎에 무작위로 칠한 노란 무늬가 들어가 있는 것이다. 얼마나 특별하고 아름다워 보이겠는가.

그런데 그 '무늬' 부분은 광합성을 못한다는 치명적인 약점을 갖고 있다. 그리고 강렬한 햇볕에 타들어 가기도 한다. 이런 최악의 상황에 처하지 않으려면 하루에 해가 어느 정도 집에 들어오는지를 파악한 후(하루만 집에서 뒹굴뒹굴하면 금방 파악할 수 있다), 빛이 강한 시간대에는 빛이 너무 강하지 않으면서 밝은 자리로 식물을 옮겨 줘야 한다.

무늬 보스턴 고사리도 해에 민감하다. 이 식물은 해를 잘 받아야 무늬가 발현되므로, 새싹이 날 때부터 적당히 햇볕을 쬐어 주어야 한다. 고사리 구역을 마련해 두었다면 해를 더 잘 받을 수 있는 자리에 이 식물을 놓으면 된다. 물론 너무 해를 쬐면 타니 조심해야 한다.

관엽식물이라는 카테고리가 따로 있지만, 내 생각에 넓은 관점에서는 대부분 식물이 관엽식물이다. 어차피 보기 좋아서 키우는 것이니, 더 예쁘고 특이한 것을 두고 보고 싶은 마

몬스테라 알보 바리에가타

음은 모두 비슷하리라. 무늬 종이 인기를 끄는 이유도 이런 마음에 있다. 그런데 무늬 종은 대개 자라는 속도가 매우 느려 번식이 빠르지 않다 보니 당연히 공급량이 적다. 무늬 식물이 보통의 식물보다 비싼 까닭이다.

나도 무늬 종을 가지고 있다. 가격을 생각해서라도 쑥쑥 건강하게 자라 주길 바라는 마음은 다른 사람들과 똑같다. '가격을 생각해서라도'라는 말을 먼저 떠올리면 속물이 된 것만 같아 머쓱해져 '엣헴' 하면서 괜스레 나머지 식물들을 둘러본다. 예쁘다, 진심으로 모두 예쁘다. 무늬가 없는 싱고니움도, 무늬가 화려한 싱고니움도.

요새는 무늬 종이 유명해져 무늬 종으로 식물 키우기를 시작하는 사람도 많다. 그래선지 그들 중에는 무늬 종의 높은 가격이 평균적인 식물 가격인 줄 오해하는 사람도 있다. 게다가 무늬 없는 식물에는 매력을 느끼지 못한다.

무늬 종이 인기가 많다 보니 '얼마에 팔든 (무늬 종을) 꼭 사고야 말겠다'는 사람이 점점 늘어 자연 구매 경쟁도 치열해졌다. 하루가 다르게 가격이 뛴다. 급하지 않다고 판단한 집사들은 가격이 떨어질 때까지 기다린다.

무늬 종을 들이고자 하는 이유를 나도 잘 알고 있다. 예쁜 식물을 집에, 눈앞에 두고 싶은 욕망 때문이다. 나도 그 마음을 거쳐 지금에 이르렀기에 누구보다 잘 안다. 그럼에도 그 욕망을 다스리기를 권하는 것은 식물을 그 자체로 바라보는 게 좋다고 생각해서다. 식물은 그 자체로 존재감과 에너지를 주는 것이지, 그 이하도 이상도 아니다.

이런 마음가짐을 가지려면 식물에서 한 걸음 뒤로 물러설 줄 알아야 한다. 나도 그렇게 거리를 두기까지 무척 어려웠다. 한 걸음 뒤로 물러선다는 건 그 식물을 들인 그 자체로 충분히 즐거워할 마음의 준비가 되어 있는지 스스로 묻는 행위다. 들이고 다른 것에 몰입할 거라면 식물 들이는 일을 다시 한번 생각해 봐야 한다. 비난이 아니라 순수한 염려에서 하는 말이다.

나만 무늬 종이 없는 것 같아 초조한 분들에게는 내 마음이 끓어올랐다가 수그러드는 동안 식물은 아무것도 한 게 없으니 결국 마음의 문제였음을 들여다볼 기회가 또한 생기길 빈다. 한 걸음 뒤로 물러나 그 식물의 잎의 흔들림과, 잎맥과, 가지의 곡선을 바라보자. 그리고 그 식물이 새 계절을 맞아 얼마나 달라졌는지 온전히 느껴 보면 어떨까.

여행지에서
가장 먼저 하는 일

이따금 양재동 절화 시장에 간다. 꽃집에 들어서면 특유의
향이 있듯이 절화 시장에도 그렇다. 여기저기서 꽃향기를 쏘
아 대는 통에 어질어질하다. 꽃 시장도 시장은 시장인지라 가
면 북새통이다.

양재동 절화 시장은 보통 밤 12시부터 오후 1시까지 연다.
이런 시간대를 감안하면 사실 심심해서 놀러 갈 만한 곳은 아
니다. 더욱이 시장은 뚜렷한 목적이 있지 않고서는 지나가다
들르기도 힘든 곳에 위치해 있다. 그러므로 그곳을 찾는 대부
분의 사람은 크든 작든 꽃집 사장님들이 아닐까 싶다.

물론 이런 분들만 있는 건 아니다. 마치 수산시장 경매장처
럼 재빠르게 가격 흥정을 하고 꽃을 주고받는 사람들 틈에는
나처럼 천천히 '꽃구경'을 하는 이들도 있다. 꽃 이름을 묻고

사진을 찍어 대는 나 같은 사람들이 누군가의 눈에는 '한량'으로 비칠 것이다.

사실 나는 우울증을 이겨 내기 위한 수많은 노력 중 하나로 꽃 시장을 찾는다. 단순히 그곳에 식물이 있어서만은 아니다. 우울증은 심해지기도 덜해지기도 하는데 심해질수록 '이인증(내가, 내가 아닌 것 같은 기분)'과 '비현실감(내가 실존하는 인간이 아닌 것 같은 기분)'이 깊어진다. 현실에 발을 딛고 서 있으려면 이인증과 비현실감을 없애 줄 절대적인 현실감이 필요했다. 그곳이 나에게는 '아주 부지런하고 성실한 사람들이 삶을 꾸려 가는 꽃 시장'이었다. 내가 좋아하는 아름다운 식물들을 생업으로 다루시는 분들에게서 생명력을 느끼고 기분 좋은 생활력도 얻는다.

기분이 다운되는 것이 감지되면 동네 꽃집을 자주 가는 편인데, 그곳에서 그 계절에 맞게 들여놓은 꽃들 중 두세 송이를 산다. 쓰레기를 만드는 일이라 가급적 포장은 해 달라고 하지 않는데, 투명 비닐 포장 정도는 해 온다. 바람이 심한 날엔 꽃이 부러질 수 있으니까. 이젠 따로 말을 안 해도 사장님이 알아서 비닐 포장을 해 주신다(사실 비닐보다는 종이 포장을 해 달라고 하고 싶었지만 용기를 내지 못했다). 사장님은 자주 온다며 가끔 이름 모를 소재(꽃다발을 만들 때 꽃들과 어우러지는 풀 등)도 넣어 주신다. 사실 소재 가격이 싼 편이 아니다. 꽃시장에 자주 들른 덕분에 알게 된 사실이다. 사장님께 그저 감사하다.

관찰이 늦어 마음의 상태가 이미 고장 나 버렸을 때는 단골 꽃집에도 못 간다. 그 정도의 에너지도 갖고 있지 못한 것이다. 그러던 어느 날 우연히 인터넷을 통해 꽃을 배달받을 수 있다는 사실을 알게 되었다. 꽃다발로 화려하게 포장되어 오는 것이 아닌, 꽃병에 꽃을 용도로도 배달된다는 것이다. 꽃 농장과 직거래하는 꽃 배달 업체였다. 그러고 보니 과일, 채소도 배달이 되는 시대에 꽃이라고 안 될 게 무어란 말인가. 주문한 꽃을 받은 날, 내가 산 것인데도 마치 선물을 받은 것처럼 마음이 환해졌다.

인터넷으로 꽃을 구매해 보니 좋은 점이 있다. 동네 꽃 가게보다 싼 가격에 더 많은 양의 꽃을 신선하게 받아 볼 수 있다는 것이다. 미리 꽃 종류도 둘러볼 수 있고, 원하는 조합으로 주문도 할 수 있다. 배달 날짜를 정할 수 있는 곳도 있다. 농장주에게 직접 주문을 하니, 유통 단계를 줄여 꽃의 생명이 더 길어지기도 했다. 정말 인터넷 꽃 배달은 편리하고 기발한 아이디어다. 물론 이런 장점들에도 나는 여력만 된다면 동네 꽃집을 더 들를 것이다만.

여행을 가도 처음 찾는 곳이 꽃집이다. 어느 나라, 도시를
가든 그렇다. 그럼 그 나라나 지역에서 선호하는 꽃이 뭔지
알 수 있다. 꽃집에 들르면 꽃을 사 와서 숙소에서 제공하는
생수병에 꽂아 둔다. 나의 아주 오래되고 성실하게 지키는 여
행 습관 중 하나이다. 약간의 사치일 수 있는 이 습관을 지키
는 이유는 숙소를 빠르게 나만의 장소로 바꾸고 싶어서다. 그
럼 내가 빠지고 당장 누군가 들어와도 이상해 보이지 않을 것
같은 숙소가 빠르게 나만의 장소로 둔갑한다. 매일 저녁 하루
의 피로를 풀기에 적당한 잠깐의 '집'이 되는 것이다.

여행지 중에선 파리가 오래 남는다. 파리에는 몇 번 갔는데
흔한 말로 '낭만의 도시'라 생각한다. 꽃집이 많아서다. 길가
곳곳에 꽃집이 있었고, 꽃 양과 종류도 많았다. 그만큼 소비
가 된다는 말이리라. 인상적인 것은 꽃집마다 그들 나름의 콘
셉트가 있었다는 것이다.

어쩌면 나에겐 물질로서 꽃이 꼭 필요한 게 아닐지 모른다.
꽃을 구경하고 구입하는 행위 그 자체를 즐기러 꽃집에 가는
게 아닐까. 그 자체가 내겐 마치 스스로를 잘 돌보는 과정 같

런던의 숙소에서

다. 우리는 주변 사람들에게 친절하려고 노력하지만, 정작 자신을 돌보는 일은 소홀히 한다. 자기 계발이 자신을 잘 돌보는 것이라고 능치는 사람도 있을 것이다. 하지만 자신을 잘 돌보는 것과 자기 계발은 엄연히 다르다. 자기 계발은 자신의 특정한 분야의 능력을 올리는 것이 목표니 과정이 혹독할 수밖에 없다. 자신을 강하게 다루고 몰아세운다.

자신을 잘 돌본다는 건 이것과는 다르다. 그것은 자신을 가만히 관찰하고 살펴 주는 것이다. 마치 내가, 위로가 필요한 타인에게 하듯이 말이다. 자신을 잘 돌본다는 건 부족한 것을 보충하고, 방해물을 치우는 과정이다. 마음을 충분히 위로·격려해 주고, 몸에는 휴식과 에너지를 정기적으로 제공하는 일 들이다. 말로는 쉽지만 가장 어려운 일 아닌가. 우리는 생산과 효율을 따지며 앞으로 나아갈 궁리만 한다. 그러는 사이에 시야는 좁아지고, 몸과 마음은 황폐해진다. 우리에게는 약간의 낭만이 필요하다. 행사나 선물 용도 말고 자신을 위해 꽃을 사는 '낭만' 같은 것 말이다. 처음이, 한 번이 쑥스러울 뿐이다.

권태기,
식물 집사는 식태기

식물 집사에게도 권태기가 온다. 이 시기를 '식태기'라 한다.

내 경우 식태기를 알리는 첫 증상은 일단 식물이 눈에서 멀어진다. 식물들을 들여다보는 횟수가 부쩍 줄어든다. 평소 툭하면 마른 수건으로 잎을 닦았는데, 식태기에는 식물 쪽으로 눈도 잘 안 돌린다. 당연히 이 시기엔 식물도 잘 안 들인다. '이게 다 무슨 소용이야' 하는 허무감에 빠지고, 식물을 들이면 할 일만 늘어난다며 밀쳐 낸다. 사고 싶어 쇼핑몰 장바구니에 오래 담아 두었던 식물들도 그저 '예쁘네' 하며 심드렁하게 지나치고, 호들갑을 떨며 수십 장씩 찍던 식물들 사진 찍기도 시들해진다. 분명 나만이 아는 그 식물들의 성장 서사가 있었고 그것을 지켜보던 기쁨이 컸는데, 언제 그랬냐는 듯 싸늘하게 식은 마음만 느껴진다.

나는 식태기와 정신 건강이 같이 가는 경우가 많다. 식태기에는 기분이 한없이 다운돼 무엇도 할 수 없는 지경에 이른다. 벼랑 끝에서 힘겹게 버티다가 끝없이 낙하하는 기분이다. 가만히 누워 먹지도, 자지도 못하는 상태가 지속된다.

다행인지 불행인지 나의 정신 건강은 루틴이 있다.

'안정기-불안-고통-고독-고통-불안-안정기'

이 과정이 파도처럼 넘실거리는 그래프를 그리며 비정기적으로 찾아온다. 각 단계가 얼마나 계속될지, 안정기에서 다시 안정기로 돌아오기까지 얼마나 걸릴지 나조차 모른다. 도무지 예측할 수가 없다. 오랜 기간 이런 상태를 반복하면서도 안정기가 올 때까지 무엇을 어떻게 대비하면 좋을지에 대한 매뉴얼조차 정리해 두지 못했다.

그럼에도 결국 나는 안정기로 돌아오곤 했다. 가족들 덕분이다. 나는 동거인 두 명과 강아지 두 마리 그리고 수많은 식물과 살고 있다. 특히 강아지와 식물들은 보살펴 주지 않으면 살 수 없기 때문에 내가 늘어지면 많은 문제가 불거진다. 단적인 예로, 강아지들은 밥을 제때에 못 먹고 식물들은 갈증에 시달린다. 그래서 밥때가 지났는데도 보채지 않는 강아지들을 보다 미안해 일어나고, 침대로 바로 직행하려던 발길을 돌려 바싹 말라 '응급 상황'에 처한 식물들에게 물이라도 흩뿌린다.

이렇게 나는 내게 기대고 있는 수많은 생명체와 연결되어 있고, 그 덕분에 나 역시 살아가고 있다. 식태기는 스스로 밥과 약을 챙겨 먹고, 여느 사람들처럼 씻고 잠도 조절할 수 있게 될 무렵에야 떠나간다. 그럼 나는 부랴부랴 식물들을 살려 내려고 기를 쓴다.

참, 식물은 소리를 못 내니 정적인 존재라고 생각하는 분들이 있는데 큰 오해를 하고 있는 것이다. 식물은 삶의 주체로서 능동적으로 살아가고, 상상 이상으로 합리적으로 진화해 간다. 사람이 식물에 많은 관심을 기울이지 않아 이런 사실을 모르는 것뿐이다.

대부분 집사는 겨울에 식태기를 느낀다. 제아무리 에너지가 넘치는 식물 덕후라도 그렇다. 겨울은 일단 여름에 부지런히 물시중(정말 부지런히 물을 퍼 날라야 한다)을 들며 느낀 성장의 기쁨을 맛볼 수 없는 시기다. 마법 같은 봄과 무엇이든 자라는 여름, 정돈의 계절 가을을 거쳐 어느덧 겨울에 이른 것이다. 식물에게 겨울은 견뎌 내는 시간이다. 봄까지 버텨 내야 하는 것이다. 겨울의 혹독한 온도 차를 이겨 내지 못한 식물들은 죽는다. 열심히 키워 놓은 식물이 하나둘 죽어 가는 것을 보면 집사는 망연자실한다. '연달은 죽음'이라면 마음이 크게 타격을 입는다. 특히 아끼거나 공들여 키운 식물이라면 슬픔이 더 깊다. 그 바람에 흥미와 자신감 모두를 잃게 되기 십상이다.

식물은 레고가 아니다. 한 번 부서지면 그 조각을 모아 다시 조립할 수 없다. 오히려 바닷가 모래와 같다. 아무리 열심히 모래에 그림을 그리거나 글씨를 써도 파도가 한 번 오가면 그 모든 것이 흔적 없이 사라져 버린다. 짧게는 몇 개월, 길게는 몇 년간 함께한 식물이 하룻밤 새 찬 공기에 얼어 죽는다면 그 허무함을 무엇으로 채워야 할까.

20대 후반에 사는 것이 너무 권태로웠다. 왜 살아야 하냐며 냉소하던 시절이었다. 체스 게임의 말처럼 차라리 어딘가에 나의 쓸모와 이유가 분명히 정해져 있길 바랐다. 어느 순간 왜 살아야 할까는 '왜 죽으면 안 되는가'로 바뀌었다. 아직도 답을 찾진 못했지만, 지금은 어렴풋이 인생은 주어졌기에 그냥 하루하루 성실히 채워 가야 하는 무엇이 아닐까 하고 생각한다.

인생의 권태기를 앓을 때 어떤 이들은 정신력 운운하며 조언을 하려 든다. 그때나 지금이나 발로 걷어차고 싶은 사람들이다. '정신력'은 만병통치약이 아니다. 정신력으로 이겨 낼 수 없는 일도 많다. 지금 돌아보면 당시 나는 좀 쉬면서 충분히 생각할 시간이 필요했던 것 같다. 인생에서 권태기는 덮어 놓고 몰아내야 할 '골칫거리'가 아니다. 한 걸음 내딛기 위해 잠시 자신을 살피고 점검하는 시간일지 모른다. 그러므로 권태기가 오면 '충분히' 앓으시라. 당신은 그간 열정적으로 살아 권태기에 도달한 것이다. 권태기는 뒷걸음질이 아니라 다음 한 걸음을 위해 잠깐 쉬는 시간임을 잊지 말자.

겨울 준비가
필요한 이유

여름과 가을 사이 간절기를 좋아했다. 그런데 요즘은 그맘 때 마음이 무너져 내리는 느낌이 싫어 그 시절도 두려워하게 됐다. 싫은 게 아니라 '두려운 마음'. 이 시절뿐 아니라 모든 계절이 두렵다. 봄의 화창함이 두렵고, 여름의 상쾌한 풋내가 두렵고, 가을의 뭉클함이 두렵고, 겨울의 긴 밤이 두렵다. 겨우 그 계절에 적응할 때쯤 다음 계절이 와 있기 때문일까. 내 마음은 아랑곳 않고 계절은 무심히 오간다. 그래서 나는 때에 맞춰 마음의 방패를 앞세우고 나아간다. 그것이 내가 계절들 로부터 나를 지키는 방법이다.

가장 두려운 계절이 '겨울'이다. 겨울은 올 때부터 냄새가 다르다. 익숙한 겨울바람 냄새에 많은 추억이 묻어온다. 하지만 낭만적인 상념은 잠시뿐. 가을의 훈기가 다 빠진 그야말로 싸늘하고 매서운 바람과 공기에 서둘러 겨울 채비를 시작한다. 사실 그 바람이 불기 전에 부지런히 잠 시간을 단계별로 조절하고, 계절성 우울증이 오는 것을 대비해야 한다. 해가 줄어 가는 것에 대응할 수 있게 감정 또한 점검이 필요하다.

겨울에는 상냥하고 여유 있는 마음을 갖기 어려워 최소한의 예의를 유지해 나가는 것만으로도 힘에 부친다. 내가 이렇다는 것을 알기까지 꽤 오랜 시간이 걸렸다. 그전엔 내 안의 어둠에 파묻혀 허우적거리고만 있었다.

계절을 대비하게 된 건 최근의 일이다. 다 식물 덕분이다. 식물 집사들은 봄부터 가을까지 내내 바쁘다. 특히 가을에는 여름내 자란 식물들의 상태를 정리해 줘야 한다. 대부분의 식물은 여름에 폭발적으로 자라니까. 화분 사이즈를 한두 단계 건너뛸 만큼 자란다. 뿌리도 화분 밑으로 뾰족뾰족 나오고 잎도 한껏 무성해진다. 이런 식물들에게 적당한 크기의 화분을 찾아 주고, 겨울나기에 알맞은 모양새로 식물들을 다듬어 줘야 한다. 겨울철에는 해가 짧아지고 온도가 급격히 떨어지면서 식물들이 모든 에너지를 '생존'에만 쓰기 때문에 그럴 수 있도록 가을에 불필요한 가지나 잎을 정리해 줘야 하는 것이다.

다음 계절을 준비하는 것은 매우 중요한 '의무'이다. 식물은 정직한 생명체여서 계절에 맞게 반응한다. 그래서 집사들은 조금 일찍 계절을 예측하고 준비한다. 특히 겨울 준비는 단단히 해야 한다. 다른 계절에 비해 여러 번의 기회를 누릴 수 없는 계절이기 때문이다. 잠깐의 실수로 몇 년을 함께한 식물과 이별을 하게 될 수도 있다. 이를테면 환기를 하려고 잠깐 창문을 열어 두고 볼일을 보러 나갔다가 그 외출이 길어진다면…. 생각만 해도 아찔하다.

겨울을 준비할 때 중요한 것 중 하나가 내가 키우는 식물의 월동 온도를 알아 두는 것이다. 검색창에 식물 이름과 '월동' 혹은 '월동 온도'를 넣고 치면 그 식물이 겨우내 버틸 수 있는 온도나 습도를 알 수 있다. 생각보다 한겨울이 되기 전에 실내로 들여놓아야 할 식물이 많다. 이런 식물들은 가을부터 차근차근 실내에 적응할 수 있게 해야 한다. 그런 과정 없이 불쑥 실내로 들이면 환경에 적응하지 못하고 시들거릴 수 있다.

물론 반대로 낮은 온도에도 잘 버티는 식물들이 있다. 노지에서 잘 견디는 식물들도 있다. 하지만 이 식물들이 견딜 수 있는 온도를 검색해 알게 되었다면 그 정보를 준 사람이 어느 지역에 사는지를 꼭 확인해 보기 바란다. 비록 우리 국토는 크지 않아도 가장 추운 곳부터 해남과 제주까지, 지역마다 겨울의 온도가 다르기 때문이다.

겨울철에 식물들이 잘 자랄 수 있게 하려면 무엇이 필요할까? 사람에게 비타민 D 영양제가 있듯이, 식물에게도 겨울철 부족한 빛을 채워 줄 식물등이 있어야 한다. 햇빛만큼은 아니지만 그럭저럭 살 만한 환경을 만들어 준다. 다음은 통풍이다. 추위 때문에 문을 열어 두는 시간이 매우 짧아지니 선풍기나 서큘레이터를 돌려 부족한 통풍을 해결해 주면 좋다.

겨울은 내게도 생존에 온 에너지를 쏟아야 하는 시기다. 그렇다 보니 식물을 돌볼 여력이 없는 '공백기'도 생긴다. 다행인 것은 겨울에는 식물도 곰처럼 쉰다는 점이다. 물을 많이 안 줘도 되고 성장이 매우 느려 손도 덜 간다. 그럼에도 가을에 만반의 준비를 해 두지 않으면, 아무도 겨울 동안 식물의 생사를 장담할 수 없다.

대비를 소홀히 해서 식물을 죽인 적이 많다. 당시 나는 또다시 참고 견뎌야 할 일들에 짓눌렸고 어떻게 할 겨를도 없이 "쿵" 하고 마음이 무너져 버렸다. 머지않아 몸과 마음 모두 병에 걸리고 말았다. 끙끙대며 약을 먹고, 잠으로 도피하고를 반복하는 사이 식물은 초겨울까지 자연스레 방치되어 버렸

다. 잎이 얇고 약한 식물 일부가 견디지 못하고 사라졌다. 방치된 죽은 식물은 아주 작아지다가 결국 바스라지고 말았다. 그 광경을 보고서야 제정신이 들었다. 그 즉시 후닥닥 실내로 '도피'시켜야 할 식물들을 들였다. 집 안은 금세 정글이 되었다. 가습기를 더 맹렬히 돌렸다. 겨울은 건조와의 전쟁이다. 습도를 올리려면 무엇이든 해야 한다. 문제는 더 있었다. 아직 실내로 들어오지 못한 식물들이 있다는 것이다. 그중에는 약간만 추워도 죽는 열대 식물들도 있었다.

실내로 들이는 기준이 뭘까. 문득 스스로에게 물었다. 멈칫, 하고 말았다. 나의 기준은 무엇이었을까? 가격? 아니면 함께한 시간의 양? 딱히 무엇인지 알 수 없었지만 찝찝했다. 식물을 좋아한 이래 가장 큰 시련에 맞닥뜨린 느낌이었다. 마음이 복잡했다.

겨울은 점점 빠르게 모든 것을 얼려 버렸고, 곧 강력한 한파가 온다는 소식이 들려왔다. 급하게 온풍기를 구입했다. 이미 늦었지만 발버둥이라도 치고 싶었다. '택배 버뮤다 삼각지대'라는 곳들이 있다. 왜 그곳으로 흘러갔는지 이유를 알 수 없고, 왜 그곳에서 며칠씩 움직이지 않는지 아무도 모르는 곳. 내 택배는 단 한번도 그곳에 빠져든 일이 없었건만, 야속하게도 가장 절실한 시기에 그곳에 잠겨 버렸다.

이유 없이 택배가 늦어졌고, 한파가 예보된 날짜는 다가오고 있었다. 안절부절못했다. 한동안 그때만큼 초조한 적이 없었을 정도다. 속은 점점 더 타들어 갔다. 올 듯 말 듯 한 택배를 간절히 기다렸지만, 승리한 건 한파였다. 망할 택배는 한파가 들이닥친 다음 날에야 도착했다. 바로 온풍기를 설치하고 가동했지만, 죽은 식물이 살아 돌아올 리는 만무했다. 하룻밤 사이에 한파로 죽은 식물이 예상했던 만큼 많았다. 온풍기를 늦게 주문한 내 잘못이 가장 크지만, 누구라도 원망하고 싶은 심정이었다.

그날 이후 하루에도 여러 번 '계절을 대비하지 않은 것'을 자책했다. 어떤 이유에서건 나는 가을철, 겨울을 충실하게 대비하지 못했고, 그로 인해 많은 생명이 목숨을 잃었다. 만약 내가 '온풍기를 미리 사 놓는' 정도의 준비만 했어도 결과는 판이하게 달랐을 것이다. 미숙함의 쓴맛을 너무 큰 상실로 알아 버렸다.

책임의 화살표는 당연히 모두 내게로 향했다. 그러면서 나 자신도 객관적으로 바라볼 계기를 가졌다. 계절이 나에게 미치는 영향을 생각하기 시작했다. 특히 겨울을 힘들어한다는 걸 알았고 그 원인도 헤아려 보았다. 일조량이 절대적으로 부족한 시기인데 외출도 부쩍 줄어드니 볕을 받을 일이 급격히 줄어들었다. 그로 인해 우울증이 깊어져 식사 양이 굉장히 불규칙해졌다. 어떤 날은 거의 먹지 않았고, 또 다른 날은 폭식을 했다. 어둠이 길어지면서 잠은 끊임없이 늘어났다. 꿈인지 현실인지 모를 만큼 많이 자는 날이 허다했다.

이런 나를 위해 다음의 것들로 겨울을 대비하기로 했다. 햇빛이 부족하니 비타민 D를 충분히 먹기로 약속하고(퐁당퐁당 건너뛰지만), 단지 겨울이어서 내가 우울해질 수 있다는 점도 미리 인정해 둔다. (평소에도 많이 움직이지는 않지만) 움직이려고 노력하고, 무엇보다 잠자는 시간을 체크해 두기로 한다. 메모를 잘하는 성격이 아니니 알람음을 설정해 놓는다. 혹시 제시간에 못 잘 때는 얼마나 못 잤는지 기억해 둔다. 이 모든 노력은 체력과 정신력을 유지하려는 데 있다. 적어도 식물이 죽어 나가는 일이 더는 생기지 않아야 하니까. 물론 현실은 내 마음대로 되지 않을 가능성이 크지만, 그래도 우선 오늘내일 노력은 해 보는 걸로.

비정형의
숲

　처음 찾은 숲은 도봉산이었다. 초등학생 때였는데 친구들과 도봉산에서 쓰레기 줍기 등 봉사 활동을 했다. 봉사 활동을 하면 보람차다. 하지만 순전히 보람 때문에 봉사 활동을 한 건 아니다. 그 활동을 빌미로 외출을 할 수 있어서였다. 많고 많은 산 중 왜 하필 도봉산이었느냐 묻는다면, 그저 학교에서 지하철을 타고 갈 수 있는 가장 가까운 산이었다고밖에 말할 수 없겠다.

　산에는 계곡이 있고 한여름에 계곡과 꼬마들의 만남은 환상적인 조합이다. 봉사를 마치면 우리는 계곡물로 뛰어들었다. 여벌 옷을 꼼꼼히 챙길 나이는 아녔으니 나를 비롯한 친구들은 늘 홀딱 젖은 채로 산에서 내려오곤 했다. 이런 우리를 보면서 어른들은 "아이고, 이 귀여운 강아지들"을 연발했다.

계절이 움직이고, 계곡물이 차가워지면, 우리는 본격적으로 숲에서 놀았다. 식물들을 관찰하기보다는 숲의 냄새를 맡고, 신비로운 분위기를 온몸으로 느꼈다.

성인이 된 후 가장 처음 찾은 숲은 구례의 숲들이다. 당시 오래 인연을 맺은 H가 구례에 살고 있어 보러 간 길이었다. H가 사는 곳까지 가려면 구례 버스터미널에서 시내버스를 타고 구불 길을 한참 달려야 했다. H는 못 찾아올까 봐 불안했는지 거듭 몇 번째 정거장에서 내리라고 알려 줬고, 나는 그 '지시'를 잘 따랐다.

H는 며칠 안 되는 쉬는 날을 기꺼이 포기하고 구례 곳곳을 구경시켜 주었다. 그중 숲에 갔을 때가 가장 좋았다. 우리는 숲 입구에 차를 세워 두고 숲속으로 걸어 들어갔다. 생동하는 기운이 온몸을 휘감았다. 지금도 잊을 수 없는 찰나다.

급히 가야 할 곳이 없었으므로 우리는 뒷짐을 지고 천천히 숲길을 걸었다. 문득문득 멈춰 이름 모를 식물을 찍기도 하고, 숲과 어우러진 H의 얼굴을 담아 보기도 했다. 지금 사진첩을 보니 H의 옷차림도, 숲의 풍경도 다채롭다. 매번 다른 계절에 갔기 때문이다. 우스운 사실은 아직도 그 숲의 이름을 모른다는 것이다. 숲의 이름을 알아보려고 지도를 구석구석

살펴본 적도 있다. 하지만 얼핏 비슷한 것은 찾았어도 딱 여기다 싶은 곳은 찾지 못했다. 아, 정말 메모라도 해 둘걸. 지금은 H와 소원해졌지만 나를 구례로 불러 주고, 숲에 데려다준 것은 늘 고맙게 생각한다.

H는 구례뿐 아니라 안면도로도 나를 초대했다. 정확히는 천리포 수목원이었다. 그 수목원엔 숙박 시설이 있었다. 숙소는 예약제로 운영되었는데 우리는 운이 좋았다. 숙소는 완벽했다. 앞문을 열면 바로 숲이 있고, 뒷문을 열고 나가면 바다였다! 그중 가장 좋았던 것은 밤의 숲을 볼 수 있었다는 점이다. 대개의 수목원은 해가 지면 출입을 금지한다. 하지만 숙소에 머문 덕분에 우리는 '살짝' 돌아다닐 수 있었다. 그곳에 있는 동안 우리는 휴대폰 불빛에 의지해 '살짝 산책'을 반복했다. 밤에 숲길을 걸으면 후각과 청각이 오롯이 숲에 집중한다. 밤의 숲은 많은 상상력을 불러일으킨다.

숲을 보러 가장 많이 간 곳은 제주다. 여행지로서 제주는 에너지를 정말 많이 쏟아야 하는 곳이다. 이동 거리가 길어 여행 경로를 잘 짜야 했다. 제주는 K, I와 여러 번 다녀왔다. 여행 초에는 많은 곳에 가야 한다는 강박감을 갖고 있었다. 여행 계획을 짜기 위해 제주로 검색하면 맛집이 주루룩 나오고 김영갑 갤러리와 이중섭 화가 생가, 갖가지 박물관, 식물원 등 다양한 관광지가 이어졌다. 한정된 시간에 모든 장소를 들르는 건 애초에 불가능했다. 선택을 해야 했다. 휴식을 취하려는 여행이었는데, 많은 곳을 들러야 한다는 강박감 때문에 결국 더 지쳐서 돌아오곤 했다.

다시 제주를 찾았을 때는 너무 지쳐 어떤 일도 제대로 못할 때였다. 누구와도 대화하기 힘들었고, 쉬어도 마음이 편치 않았다. 모든 것을 포기하고 '여행 내내 바닷가나 걸어야 하나…' 하고 있을 때, 숲을 추천하는 글이 눈에 들어왔다. 그 순간 가슴이 탁 트이면서 "살겠다"란 말이 절로 나왔다. 이게 내가 살길이구나 싶어 바로 추진했다.

제주에는 비자림, 삼다수 숲길, 사려니 숲길 등 숲이 많다. 처음에는 가능한 한 많은 숲을 보고 싶어서 열심히 찾아다녔다. 그러다 보니 비자림 1시간, 삼다수 숲길 1시간, 사려니 숲길 1시간 이런 식으로 숲을 '훑게' 되었다. 그래선지 허기졌다.

숲길을 걷다 경로를 이탈하는 경우가 여러 번 있었는데 그 덕분에 '허기'가 조금이나마 채워졌다. 삼다수 숲길에 갔을 때다. 한참 걷는데 주변이 괴이쩍었다. 어느 순간부터 표지판도 보이지 않았다. 날도 어두워져 슬슬 불안해졌다. 다행히 멀리서 불빛이 보였다. 질퍽한 길을 지나니 숲 바깥이었다. 그제야 끊겼던 GPS도 잡혔다. 위치를 보니 우리는 전혀 엉뚱한 곳에 있었다. 이날의 숲길이 인상 깊게 남아 있는 이유는 난생처음 자연에 안긴 기분을 느꼈기 때문이다. 한 사람이 겨우 다닐 수 있는 오솔길 주변에는 식물들이 마구 자라고 있었는데 이름 모를 식물들과 고사리, 버섯 등 그곳에 사는 모든 존재가 나를 포근히 안아 주었다.

이름이 기억나지 않는 숲길도 기억난다. 드라이브하다 언젠가 들어 본 적 있는 숲길 표지판을 지나치게 되었다. 저녁 어스름이 깔릴 무렵이라, '조금만 걸어 볼까'와 '곧 어두워질 텐데… 그냥 숙소로 들어갈까' 하며 두 마음이 갈등을 일으켰다. 걸어 보기로 했다. 숲속에 들어가니 벌써 어둠이 내려앉아 있었다. 일행과 나는 애써 침착한 척하며 숲을 걸었다. 말 농장도 구경하고, 우거진 숲도 바라보았다. 신기한 것은 그 누구도 먼저 '돌아가자'고 말하지 않았다는 것이다. 밤의 숲은 낮과는 전혀 다르다.

사려니 숲은 유명하다. 관광객이 많아 자연 오랫동안 주차난도 겪었다. 최근에 근처의 숲 일부를 밀어내고, 주차장을 만들었다고 한다(아무리 생각해도 숲을 위한 일은 아닐 텐데 말이

사려니 숲(왼쪽)과 비자림(오른쪽)

다). 사려니 숲길을 걷는 데는 보통 2, 3시간 걸린다.

제주의 날씨는 제주 할망도 모른다는 말이 있을 정도로 변덕스럽다. 언젠가 사려니 숲에 갔을 때, 비가 억수같이 내렸다. 우비를 입고 우산까지 썼지만 사진을 찍으려던 야심을 내려놓아야 했다. 거센 빗줄기에 짓눌려 터덜터덜 땅만 보며 걷다 고개를 든 순간이었다. 탄성이 절로 터졌다. 안개 낀 숲의 모습이 너무나 황홀했다. 이번엔 사진을 포기할 수 없었다. 사려니 숲에 가려고 했는데 비가 와서 망설인다면 그냥 가시라고 권하겠다. 맑은 날의 사려니 숲만큼 비 내리는 날의 풍광도 매력적이기 때문이다. 숲에 들어가면 숲이 다 알아서 해주니, 너무 많은 것을 걱정할 필요는 없을 듯하다.

숲에선 많은 감정이 살아난다. 숲은 때로 공포스럽고, 을씨년스럽고, 속을 알 수 없는 곳이지만, 깊이 들여다보면 다정하고, 따뜻하고, 포근하다. 우리나라 숲은 사람 손을 타지 않은 곳이 대부분이다. 나는 이런 비정형의 숲이 좋다. 당신에게도 숨통을 틔울 수 있는 당신만의 숲이 생기길 빈다.

또 다른 숲이
생겼다

내가 나를 어쩌지 못할 때면 잠으로 도망쳤다. 마음이 힘들 때마다 숲으로 갈 수는 없기 때문에 일상에서 숲처럼 기댈 것이 필요했고, 그러다 찾아낸 것이 '잠'이었다. 잠이 들면 비로소 편하게 숨 쉴 수 있었고, 평온했고, 포근함을 느낄 수 있었다. 점점 더 잠에 의존하게 됐고, 과수면의 길로 들어서면서 오랜 시간 침잠했다. 내가 들어선 곳이 물속인지 늪인지 모른 채 빠져들었다.

월, 수요일엔 병원에 가야 하는데 슬슬 빼먹기 시작했다. 심지어 약이 떨어져도 가지 않았다. 갑자기 약을 끊은 대가는 어마어마했지만, 도저히 나갈 수가 없었다. 이런 상태는 이성적으로 이해할 수 있는 영역이 아니다. 그저 그런 날이 존재한다. 괴로운 감정은 걷잡을 수없이 커졌다. 이미 손을 쓸 수 있는 수준이 아니었다.

어떻게든 병원에 가야겠다고 생각했다. 억지로 몸을 일으켜 병원으로 향했다. 하지만 주치의 선생님과 약속한 날을 지키지 못해 다른 선생님을 만날 수밖에 없었다. 어쩌다 주치의 선생님을 만나는 날이면 영혼이 사라진 듯한 얼굴을 하고는 껍데기만 힘없이 앉아 있었다. 나를 둘러싼 문제들이 나를 촘촘히 옭아매고 있어 너무 지쳤다. 아주 작은 갈등도 만들고 싶지 않았다. 그래서 그저 견뎠다. 결코 올바른 선택이 아님을 알았지만 별다른 도리가 없었다.

병원에 간들 기계적인 답변만을 하다 돌아왔다. 점점 말수가 줄어들었다. 병원은 그저 '약 타러 가는 곳'이었다. 어떤 위로도, 치료도 받지 못하고 있다고 느꼈다. 그러던 어느 날 주치의 선생님이 조심스레 '입원 치료'를 권하셨다. 나의 이런 상태를 간파하신 걸까. 그 말에 나는 화들짝 놀랐다. 잘못 들은 줄 알았다. 하지만 그런 마음조차 들키고 싶지 않아 "아-예…" 하며 무덤덤한 표정을 짓고는 자리에서 일어났다.

여러 생각이 툭툭 튀어 올랐다.

'혹시 나를 다른 병원에 보내려는 건가?'

'날 포기하셨나?'

'내 상태가 이곳에서 감당하지 못할 정도인가?'

'입원 치료, 그거 엄청 심한 사람들이 받는 거 아닌가?'

'어째 좀 무서운데….'

숲에는 아름드리 나무가 많다. 그런 나무들을 가만히 보고 있으면 기대고 싶다. 내가 어떤 말을 털어놓아도 이해해 줄 것만 같다. 나무들은 오랜 세월 한곳에 붙박여 있다. 그래선지 나무들에선 모든 것을 초월해 이른 평정심 같은 것이 배어 나온다. 그 기운에 경외심마저 든다. 나도 그런 나무처럼 되고 싶다. 어떤 외부 자극에도 흔들리지 않는 절대적으로 평온한 상태에 이를 수는 없을까. 이를 위해 무엇을 해야 할지 나는 이미 답을 알고 있었다.

주치의 선생님은 계속 입원 치료를 권했고 나는 거푸 거절했다. 돈 걱정도 있었고, 입원 치료는 중증 환자나 하는 것이라는 선입견도 있었다. 그러던 어느 날 마음 깊은 곳에서 '이제 더는 못 견디겠다'는 비명이 들려왔다. 인터넷에서 입원 치료에 관해 검색해 보았다. 모두 조각난 정보들이었다.

병원을 찾아갔다. 이번엔 적극적으로 입원 치료에 대해 묻고 필요한 내용을 자세히 들을 수 있었다. 그제야 비로소 안심이 되고 믿음도 생겼다. 문득 정신병원을 몇 년간 다닌 나조차도 입원 치료에 대한 거부감이 심한데, 보통 사람들은 어떻게 생각할까란 생각이 들었다. 선입견이 이렇게 무서운 것이구나 하며 반성도 했다.

재빠르게 입원 준비를 했다. K와 I가 각자 알아본 정보를 바탕으로 이것저것 꾸려 주었다. 그중 하나가 대용량 배터리였다. 보통 폐쇄병실에서는 자해를 우려해 긴 줄을 못 가져가게 하니 충전을 못 할 경우를 대비한 것이다. 아직 개방병실과 폐쇄병실 중 어디로 갈지 정해지지 않은 상태여서, K와 I는 아주 짧은 충전 케이블도 타입별로 챙겨 주었다. 많은 마스크와 씻고 바르는 데 필요한 것들과 수건 그리고 입원해 있는 동안 글을 써 보라며 노트북도 캐리어에 넣어 주었다. (사실 이 책의 많은 글을 병실에서 썼다.)

준비를 마친 나는 그동안 다니던 병원에서 받은 진료의뢰서를 들고 대학병원을 찾았다. 주치의 선생님이 진료의뢰서에 '환자가 입원을 원함'이라고 써 두었던 것 같고, 대학병원 교수님은 내게 어떤 이유에서 입원 치료를 원하는지 물었다. 내 상태에 대해 간략히 설명했다. 교수님은 폐쇄병실까지 갈 상태는 아닌 것 같다며 개방병실을 권하셨다. 그렇게 하기로 했다. 다음 날, 미리 준비해 둔 캐리어를 끌고 병원에 갔다.

완전히 새로운 곳에 낙하한 기분이었다. 세 명이 한 방을 썼다. 병실엔 이미 두 명이 있었고, 내 자리는 가장 안락한 창가 쪽이었다. 하지만 자리에 만족해할 겨를도 없이 이후 처리해야 할 일이 몰려왔다. 짐도 못 풀고 몸무게와 키부터 쟀고 두툼한 검사지도 받았다. 검사지 첫 장을 넘기기도 전에 간호사는 바코드와 큐알코드가 찍힌 이름표를 손목에 둘러 줬다. 개방병실이라선지 충전 줄 길이나 신발 끈 같은 것은 문제시하지 않았다. 입원해 있는 동안 폐쇄병실로 들어가는 환자들을 가끔 볼 일이 있었는데 매번 가방 검사를 받는 것 같았다. 소지 품목이 아닌 것들은 보호자를 통해 돌려보냈다. 이를테면 끈 있는 운동화는 돌려보내고 끈 없는 신발을 제공하는 식이었다.

대학병원은 처음이었다. 침상 발치에 끼워 놓은, 나에 관한 정보가 적힌 카드에 주치의가 따로 적혀 있어 의아했다. 나중에 보니 교수님과 주치의 선생님이 같이 진료를 해 주는 체제였다.

병실에서 나는 늘 커튼을 치고 그 안에 숨어 지냈다. 주치의 선생님은 매번 커튼 밖에서 정중한 말투로 "시간 괜찮으세요?" 하고 물으셨다. 이 말을 들을 때면 항상 배려와 존중을 받는 기분이 들었다.

주치의 선생님과 처음 상담할 때 상담 시간이 제한돼 있을까 봐 계속 단답으로 짧게 답했다. 그런 식의 화법은 대화를 자연스럽게 잇기보다 금방 끝나게 할 가능성이 크다. 그런데도 주치의 선생님은 가만히 찬찬히 들어주셨다. 이런 날이 쌓이다 보니 선생님이 질문이라도 할라치면 나는 점점 더 말이 길어졌고, 조금 더 깊은 속마음을 털어놓게 되었다. 선생님과는 일주일에 세 번 정도 만났다. 상담 시간은 1시간 내외였다. 지금 생각해 보면 사실 나는 매일 그 시간을 기다렸는지도 모르겠다. 진정 나에게는 소중한 시간들이었다.

교수님은 일주일에 두 번 회진을 하셨는데, 그때마다 꽤 긴 시간을 들여 상담을 해 주셨다. 나의 상태를 구체적으로 설명한 후 약을 어떻게 조절할지, 그래서 어떤 상태에 이르는 걸 목표로 삼는지도 설명하셨다. 그리고 빼먹지 않고, 이 입원 치료를 통해 얻어 갈 것에 대해서도 이야기하셨다. 누군가와 어떤 목표를 이루기 위해 함께하는 것이 아주 오랜만의 일이라, 과연 해낼 수 있을지 스스로도 의문이었다.

병실에서 나는 완전히 은둔형 인간이었다. 커튼 안, 그 공간은 몇 사람(간호사님, 밥 주시는 분)을 제외하고는 온전히 나만의 공간이었다. 자고 싶을 때 잤고, 생각하고 싶을 때 방해받지 않았다. 입원 후 얼마나 지났을까. 비로소 난생처음 충

만한 평온함을 느낄 수 있었다. 약속된 시간에 상담을 받고, 제시간에 약을 먹었다. 이 루틴한 일과가 안정감을 주었다.

마치 그곳은 정신질환을 가진 이들에게 천국 같았다. 나처럼 약도 잘 안 챙겨 먹고, 병원 가는 것도 힘들어하고, 밥도 거르기 일쑤인 사람에게 모든 것을 제때 제공해 줬다. 부스스한 상태에서도 열 걸음이면 상담실에 갈 수 있었고, 밥은 별맛은 없었지만 때맞춰 나오니 폭식을 잠재웠다. 더욱이 간호사님들은 밥 먹고 3, 40분 후 재깍 약을 챙겨 줬고, '꼴딱' 삼키는 걸 보고서야 자리를 떠나셨다. 신발이 닳을 듯 바쁜 상황에도 항상 상냥한 말투와 평정심을 유지하는 간호사님들을 보며 감탄했다. 여하튼 이런 상황이다 보니 내가 할 일은 오직 치료에 집중하는 것이었다.

빈 시간이 많다 보니 생각도 많아졌다. 어릴 때 일이 드문드문 수면으로 떠올랐다. 그런 날이면 악몽에 시달렸다. 평소 같으면 깨어나서도 한참을 불안에 시달렸을 텐데, 병원에서는 안전하다는 생각이 들어선지 비교적 빠르게 진정되었다. 모두가 나를 지켜 주기 위해 있는 사람들 같았다. 통제된 공간이, 나를 가둔 곳이 아니라 남들로부터 나를 보호해 주는 곳으로 전환되었다. 그 느낌이 나를 안심시켰다. 잠을 제대로 못 잤거나 지나치게 많이 잔 날이면 상담을 통해 바로 그날 약의 용량이 조절되었다. 억지로 며칠을 버티지 않고도 바로 안정적인 패턴으로 돌아갈 수 있었다.

마음속으로 '이제 나가도 되겠다'는 생각이 들 때쯤 교수님이 퇴원 의사를 물었다. 좋다고 했다. 나도, 선생님도 나갈 수 있을 만큼의 치료가 되었다고 판단하고 있었다. 이제 나를 다스릴 만한 약의 종류를 찾았고, 루틴도 몸에 새겼다. 어린 시절에 대한 막연한 공포감도 세분화되었다. 무엇보다 내가 해나갈 수 있는 일에 집중할 수 있게 되었다. 아주 오랜만에 목표를 달성했을 때의 기쁨을 느꼈는데, 그 덕분에 자존감도 높아졌다.

교수님은 마지막까지 나를 아낌없이 응원해 주셨다. 힘든 일이 닥칠 때마다 그 응원을 원동력으로 써먹고 있다. 마지막 상담 때 말씀이 떠오른다.

"이제 힘들 때 병원에 입원할 수도 있다는 옵션이 생긴 거잖아요?"

그 순간 엄청나게 든든한 뒷배를 가진 기분이 들었다. 어떤 상황에서도 나를 지지해 주는 존재를 둔 느낌이랄까.

문득 나에게 또 다른 숲이 생겼음을 깨달았다. 모든 것이 엉망이 되었을 때, 스스로 실타래를 풀 수 없을 때, 억지로 내가 모든 것을 할 필요는 없다. 나를 위한 전문가들이 곳곳에서 기다리고 있다. 그저 내가 해야 할 일은 정신과, 정신과 입원 치료들에 대한 편견을 살짝 내려놓고, 마음을 맡겨 보는 것이다.

죽고 싶은 내 두 손에 식물이

초판 1쇄 발행 2022년 2월 7일

지은이 | 심경선
펴낸곳 | (주)태학사
등록 | 제406-2020-000008호
주소 | 경기도 파주시 광인사길 217
전화 | 031-955-7580
전송 | 031-955-0910
전자우편 | thspub@daum.net
홈페이지 | www.thaehaksa.com

편집 | 조윤형 여미숙 김선정
디자인 | 한지아
마케팅 | 김일신
경영지원 | 정충만

ⓒ 심경선, 2022. Printed in Korea.

값 13,500원
ISBN 979-11-6810-038-1 03810

도서출판 날은 (주)태학사의 인문·에세이 브랜드입니다.

책임편집 여미숙
디자인 이유나
본문 그림 고성광

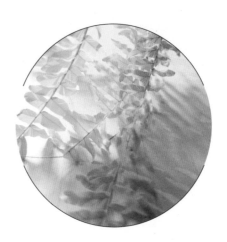